GOLDMANN

Utta Danella ist Berlinerin, lebt aber seit vielen Jahren in München. Schon als Heranwachsende wollte sie Musik studieren, Schauspielerin werden oder Bücher schreiben. Sie probierte alles der Reihe nach und blieb schließlich beim Bücherschreiben – was sie nie bereut hat, wie sie sagt. Allein die deutschen Ausgaben ihrer Romane sind in mehr als 50 Millionen Exemplaren verbreitet, womit sie als die erfolgreichste deutschsprachige Autorin der Gegenwart gelten darf.

Außer dem vorliegenden Band sind von Utta Danella als Goldmann-Taschenbücher erschienen:

Alle Sterne vom Himmel. Roman (9797)
Alles Töchter aus guter Familie. Roman (41065)
Die Frauen der Talliens. Roman (9617)
Gestern oder die Stunde nach Mitternacht. Roman (9789)
Jovana. Roman (9589)
Der Maulbeerbaum. Roman (41336)
Meine Freundin Elaine. Roman (41347)
Der Mond im See. Roman (42465)
Quartett im September. Roman (9892)
Die Reise nach Venedig. Roman (41223)
Der Schatten des Adlers. Roman (42386)
Der Sommer des glücklichen Narren. Roman (42180)
Stella Termogen oder die Versuchungen der Jahre. Roman (41354)
Tanz auf dem Regenbogen. Roman (9437)
Die Tränen vom vergangenen Jahr. Roman (42207)
Unter dem Zauberdach. Roman (42464)
Vergiß, wenn du leben willst. Roman (9424)
Wo hohe Türme sind. Roman (42963)
Familiengeschichten (41484)

Der Rausschmiß

»Raus!« zischte Frau Walburga Strettinger zwischen zusammengebissenen Zähnen. Sie wurde niemals laut, wenn sich Kunden in Hörweite befanden. Es war auch nicht nötig in diesem Fall. Ihre dunklen Augen, funkelnd vor Wut, und der harte Griff, mit dem sie Heidi gepackt hielt und sie auf die Tür zuschob, genügten, daß das Mädchen zitternd und widerspruchslos alles mit sich geschehen ließ. Durch die Spiegel verfolgten die derzeit anwesenden fünf Kundinnen des Salons Strettinger den Hinauswurf. Und die zwei Friseusen – Anni, die gerade föhnte, und Ingrid, die gerade eine Dauerwelle einlegte – hatten Kamm und Bürste sinken lassen und verfolgten das Schauspiel ebenfalls mit Anteilnahme.

Sieben Augenpaare – voll Neugier, Schadenfreude, Selbstgefälligkeit, Empörung, nur in einem davon hätte man Mitleid entdecken können.

Frau Dr. Anschütz, die wie stets von Frau Strettinger selbst bedient wurde, und deren nasses Haupt gerade erst geschnitten werden sollte, mußte an sich halten, um nicht einzugreifen. Aber abgesehen davon, daß es sie nichts anging und Frau Strettinger genau besehen natürlich recht hatte, konnte sie schlecht mit nassem Kopf auf die Straße laufen; denn dort waren Meisterin und Lehrling inzwischen angelangt. Noch unter der Tür hatte es sich Frau Strettinger anders überlegt, sie begnügte sich nicht damit, das Mädchen auf die Straße zu stoßen, sie kam ihm nach, faßte wieder hart Heidis Arm und zerrte sie über die Straße, schräg hinüber, von der Nummer 4, wo sich der Damensalon Strettinger befand, bis zur Nummer 7, wo Heidi wohnte.

»Du Saustück!« schimpfte sie dabei, noch immer leise, aber weniger vornehm nun, da keine Kundenohren in der Nähe waren, »hab' ich mir doch immer gedacht, daß du das bist! Verludert und liederlich wie die ganze Jugend heutzutage. So eine Rumtreiberin wie du, die sich nachts mit den Burschen in den Ecken herumdrückt. Meinst vielleicht, ich weiß das nicht? Das weiß die ganze Straße. Dumm und frech, faul und verdorben, paßt eh alles zusammen.«

Ganz unbemerkt ging der Transport über die Straße nicht vor sich, zumal Heidi den Versuch machte, sich loszureißen, was mißlang. Ein paar Leute blieben stehen und schauten dem Paar neugierig nach.

Dann riß Frau Strettinger die Ladentür von Frau Buschl heftig auf, zerrte das blasse Mädchen hinein und stieß es seiner Mutter gewissermaßen vor die Füße. Präzise ausgedrückt, gegen den Ladentisch.

»Da, Frau Buschl! Da haben Sie das Miststück von Tochter. Eben hab' ich sie beim Klauen erwischt. Wissen Sie, was sie tut? Sie räumt Manteltaschen der Kundinnen aus. Und meine Kasse hat schon ein paarmal nicht gestimmt. Ganz zu schweigen von Lippenstiften und Nagellack, die spurlos verschwinden. Und daß Sie es nur wissen, ich ruf' die Polizei. Ich hab' mich lange genug über das Luder mit seiner frechen Goschen geärgert. Jetzt ist Schluß!«

Sie drehte sich um und verschwand.

Frau Buschl starrte sprachlos auf Heidi, während sie immer blasser wurde und ihre Hand sich in einer mechanischen Bewegung zum Herzen hob. Heidi lehnte am Ladentisch, Trotz im Gesicht, aber die zitternden Lippen verrieten, daß sie mit dem Weinen kämpfte. Unglücklicherweise befand sich gerade eine Kundin im Laden. Manchmal kam eine ganze Stunde lang kein Mensch. Aber ausgerechnet jetzt war die Maria Heublinger aus dem zweiten Stock zum Einkaufen gekommen. Sie war zwar auch erschrocken, aber ihre Augen begannen sogleich sensationslüstern zu glitzern.

»Jetzt so was aber aa!« murmelte sie hingerissen.

»Heidi?« flüsterte Frau Buschl leise und ängstlich.

»Ach, laß mich doch in Ruh'!« schrie das Mädchen, stürzte durch den Laden und verschwand durch die Tür im Hintergrund.

»Ja mei, ja mei!« ließ sich die Heublinger vernehmen. »Was soll denn das bloß heißen? Verstehen Sie das, Frau Buschl?«

Törichte Frage, denn verständlich genug war es ja gewesen, was Frau Strettinger mitgeteilt hatte.

»Ja... ja...« Fina Buschl bemühte sich krampfhaft um Haltung, »ich weiß auch nicht... es ist... Was sagten Sie, Frau Heublinger? Ein Paket breite Nudeln und noch ein Pfund Zucker, nicht wahr?«

»Nudeln und Zucker, ja... Was hat Heidi gemacht? Gestohlen hat sie? Na, so was! Wie kann sie denn so was bloß tun? Aber ich sag' ja immer: die Jugend heutzutage...«

Mit zitternden Händen legte Frau Buschl das Päckchen Nudeln und das Päckchen Zucker vor die Kundin auf den Ladentisch: »Haben Sie sonst noch einen Wunsch?«

»Nein, danke, sonst nichts. Aber wissen S' – ich mein halt... Nein, danke, Frau Buschl, das wäre alles.« Sie verschluckte, was sie gern noch gesagt hätte. Vielleicht dachte sie an den Herzanfall, den die Buschl-Fina vor einem halben Jahr mal gehabt hatte, mitten im Laden – einfach umgefallen war sie. Maria Heublinger war zufällig gerade dagewesen; es gibt so Leute, die haben das Glück, immer im richtigen Moment zugegen zu sein, wenn etwas passiert. Daran dachte die Heublinger und unterließ es, sich weiter zu dem Ereignis zu äußern. Die Buschl hatte schon wieder so blaue Lippen.

Frau Heublinger packte Zucker und Nudeln, das Viertelpfund Butter, die Ecke Käse und das Pfund Äpfel in die Einkaufstasche, legte ihr Geld auf den

Tisch, ließ sich herausgeben und verließ kopfschüttelnd, noch irgend etwas von der »Jugend« vor sich hin murmelnd, den Laden.

Fina Buschl blieb regungslos stehen, blaß wie der Tod, und starrte auf die Tür, die in die Wohnung führte. Sie mußte zweifellos hineingehen und mit Heidi sprechen, mußte fragen, was geschehen war. Und was das alles bedeuten sollte. Doch davor hatte sie Angst. Es war schon seit längerer Zeit schwierig, mit der Heidi zu sprechen. Auch wenn keinerlei dramatische Ereignisse vorlagen. Heidi pflegte ihr gewöhnlich eine freche Antwort zu geben. Wenn sie überhaupt antwortete. Und was sollte man nun dazu sagen? Falls es wahr sein sollte, was die Frau Strettinger behauptete, und die Buschl-Fina zweifelte im Grunde ihres Herzens nicht daran, daß es die Wahrheit sei, dann war es schlimm, schlimmer als alles, was schon geschehen war. Heidi hatte gestohlen.

Die Fina lehnte am Warenregal und fühlte, wie ihr Herz oben im Hals klopfte und ihre Knie nachgaben. Polizei würde kommen. Sie hatte eine Diebin im Haus. Was um Himmels willen würde der Alois tun? Erschlagen würde er die Heidi.

Ach, wenn dieses Leben bloß endlich ein Ende hätte! In der Stille hörte sie es aus der Wohnung schluchzen. Die Fina löste sich schwerfällig aus ihrer zusammengesunkenen Haltung und ging auf die Hintertür zu.

Im gleichen Moment ging die Ladentür auf. »Ham S' heut' Tomaten da, Frau Buschl?«

»Tomaten? Nein, Tomaten hab' ich nicht.«

»Macht nix. Ich krieg' vorn an der Ecke welche. Tschüs!«

Eine von den jungen Hausfrauen, kürzlich erst zugezogen. Soviel die Fina wußte, wohnte sie in Nummer 8. Sie würde vorn an der Ecke nicht nur die Tomaten kaufen, sondern auch alles andere mitnehmen, was sie sonst noch brauchte. Und immer seltener kommen. Genau wie die anderen immer seltener kamen.

Na ja, war ja egal. Alles war egal.

Frau Strettinger war inzwischen in ihr Geschäft und zum Kopf von Frau Dr. Anschütz zurückgekehrt. Hier war mittlerweile ein lebhaftes Gespräch im Gange, und die beiden Damen, die noch nicht fertig

waren, lehnten sich weit herüber, um besser hören und mitreden zu können.
»Entschuldigen S' bitte, Frau Doktor«, sagte Frau Strettinger und machte sich an die Arbeit. »Ist mir sehr peinlich. Zu ärgerlich so was.« Weiter äußerte sie sich nicht zu dem Fall, denn sie war immer auf höfliche Zurückhaltung bedacht, die Frau Strettinger, zumal wenn es sich um so feine Kundschaft wie die Frau Doktor handelte.
Die sagte auch nichts. Die Dame vom Nachbarplatz dagegen um so mehr. »Wundert Sie das, Frau Strettinger? Mich nicht. Die Heidi ist ein Flitscherl. War sie schon immer. Jetzt zieht sie mit so einem Langhaarigen umeinander. Eine furchtbare Type. Wie ein Verbrecher sieht der Kerl aus. Da lernt die Heidi so was. Und zu Hause läßt man ihr alles durchgehen.«
»Herr Buschl ist eigentlich ziemlich streng mit den Gören«, ließ sich Ingrid vernehmen, die diesen Kopf in Arbeit hatte. »So sagt man wenigstens.«
»Sagt man! Der Buschl ist ein Säufer. Hat es nie zu etwas gebracht. Na ja, in seinem Fall... ist nicht zu verwundern. Und die Frau Buschl ist eine brave Frau, aber sie kann sich gegen die Mädels nicht

durchsetzen, das sieht doch jeder. Die tanzen ihr auf der Nase herum. Komisch – ich hab' mir doch neulich schon gedacht, ich hätte noch ein Zweimarkstück in der Tasche, ich trag' ja mein Geld sonst nicht lose in der Manteltasche herum, aber manchmal steckt man eben doch schnell etwas hinein, wenn man's gerade herausgekriegt hat. Und da dacht' ich, ich hätt' ein Zweimarkstück – und dann war nichts da.«

Frau Strettinger preßte die Lippen zusammen, dann sagte sie höflich: »Es täte mir leid, wenn Sie einen Verlust gehabt hätten. Ich werde es natürlich ersetzen.«

»Aber ich bitte Sie, Frau Strettinger! Ich sagte ja, ganz genau weiß ich es nicht. Ich mein' halt bloß, es war mir so.«

Frau Dr. Anschütz hingegen wußte ganz genau, daß sie einen Zehnmarkschein, ein Fünfmarkstück und noch ein paar Zehnerl in der Tasche ihrer Lederjacke gehabt hatte, als sie das letzte Mal beim Friseur gewesen war. Die Zehnerl und der Zehnmarkschein waren dagewesen, als sie bezahlen wollte, das Fünfmarkstück nicht. Beim Bezahlen hatte es nicht ganz gelangt, sie mußte den Rest bringen, als sie das nächste Mal vorbeikam. Erst hatte sie ja auch gedacht, sie hätte sich getäuscht, und der Fünfer steckte in einer anderen Jacke. Aber nun – es war wohl klar, wo das Geld geblieben war. Sie schwieg.

»Es war ja schon immer komisch mit den Lippenstiften«, ließ sich die Anni hämisch vernehmen. »Wissen S' noch, Frau Strettinger, erst neulich hab' ich Ihnen doch gesagt...«

»Schon gut, Anni«, unterbrach Frau Strettinger energisch. »Behalten Sie es für sich. Ich werde nachher die Polizei verständigen, und da wird sich schon alles aufklären.«

Anni schob die Unterlippe vor und schwieg beleidigt. Schließlich war sie es gewesen, die die Chefin auf den Lippenstiftschwund hingewiesen hatte. Und was von der Heidi zu halten war, hatte sie der Chefin schon in Heidis erstem Lehrjahr mitgeteilt. »Sie taugt nicht viel, die Neue«, hatte sie damals gesagt. Und die Chefin darauf: »Sie hat eine ganz geschickte Hand. Warten wir mal ab.« Geschickte Hand, haha.

Frau Strettinger konnte zwar der Anni, nicht aber

den Kundinnen den Mund verbieten. Soweit es alteingesessene Babingerinnen waren, hatten sie zu dem Fall noch allerhand zu sagen. Frau Strettinger schwieg dazu. Einmal begegnete ihr Blick im Spiegel den klaren graublauen Augen der Frau Dr. Anschütz. Die Augen sahen sie ernst an. Irgendwie mißbilligend. Was Frau Strettinger nicht begriff. Was hätte sie denn tun sollen? Stillschweigend zuschauen, wie ihre Auszubildende stahl?

Die Dame von nebenan war fertig. Sorgfältig geschnitten und frisiert, erhob sie sich nach einem letzten zufriedenen Blick in den Spiegel.

»Sehr schön, Ingrid«, bestätigte sie.

»Entschuldigen Sie«, sagte Frau Strettinger wieder einmal zu der Frau Doktor und begab sich an die Kasse. Anni und Ingrid besprachen den Fall jetzt im Hintergrund.

»Wollen Sie wirklich die Polizei verständigen?« fragte Beate Anschütz, als Frau Strettinger wieder bei ihr war.

»Was bleibt mir andres übrig? Man kann sich das doch nicht einfach gefallen lassen.«

»Wie alt ist die Heidi?«

»Wie alt? Siebzehn, glaub' ich, ist sie jetzt.«

»Hm. Ein dummes Alter, nicht? Ihre Arbeit hat sie immer ganz gut gemacht.«

»Schon. Wenn sie gerade wollte. Sie kann auch recht widerborstig sein.«

Frau Strettinger nahm jetzt den Föhn.

»Ich würde es lassen, an Ihrer Stelle. Das mit der Polizei. Wenn Ihr Verlust nicht zu groß ist... Geben Sie dem Mädchen eine Chance. Vielleicht war ihr das, was heute passiert ist, ein heilsamer Schock.«

»Mein Geschäft betritt sie jedenfalls nicht mehr«, erwiderte Frau Strettinger bestimmt. »Und mit der Polizei... Na ja, ich kann mir's ja überlegen. Wer hat schon gern mit der Polizei zu tun? Es ist immer ein Zeitverlust. Lauferei und Schreiberei und was weiß ich noch. Etwas zu lesen, Frau Doktor?«

»Danke. Ich hab' mir was mitgebracht«, erwiderte Beate Anschütz und zog aus ihrer Tasche Manuskriptblätter hervor, die sie lesen oder korrigieren oder weiß der Teufel was mußte.

Frau Strettinger schaltete den Föhn ein und scheuchte Anni und Ingrid mit einem Blick wieder an die Arbeit.

Nichts wie Ärger! Was will diese Anschütz eigentlich? Tut so, als hätte *ich* ein Verbrechen begangen. Ich habe mir mit der Heidi Mühe gegeben. Aber muß man denn diesen Fratzen heute alles nachsehen? Als ich jung war, lieber Himmel, da bekam man noch Ohrfeigen, wenn man das Geringste falsch gemacht hatte. Stehlen! Auf so eine Idee wäre man gar nicht gekommen. Bekamen die jungen Leute nicht gerade Geld genug? Aber nein – es reicht ihnen nie. Und dann stehlen sie es eben... Polizei – natürlich, wenn es nicht gerade unbedingt sein mußte, ließ man es besser bleiben. Man konnte ja erst mal abwarten, ob die Kunden kamen und eventuell Ersatzansprüche stellten. Noch heute würde es sowieso die ganze Straße wissen. Na bitte – und Magenschmerzen habe ich jetzt auch wieder. Das kommt von dem ewigen Ärger. So mühsam habe ich mir das eigene Geschäft aufgebaut; aber heutzutage ist es kein Vergnügen mehr, selbständig zu sein. Die Miete haben sie wieder erhöht, die Steuern sind mörderisch, und dann noch ständig der Ärger mit dem Personal.

Andrea

Das alles hatte sich kurz nach zwölf abgespielt. Als Andrea ungefähr eine Stunde später aus der Schule kam, fand sie zu ihrem Erstaunen die Ladentür verschlossen und mußte durch die Toreinfahrt und über den Hof in die Wohnung gehen. Ihre Mutter lag auf dem Sofa, sie atmete flach und mühsam. Heidi saß verheult und mit verbocktem Gesicht daneben.

»Was ist denn los?« fragte Andrea erschrocken.

»Das siehst du doch«, gab Heidi patzig zur Antwort. »Es ist ihr nicht gut.«

»Wieder das Herz? Hast du den Arzt angerufen?«

Ihre Mutter hob abwehrend die Hand. »Ich brauch' keinen Arzt. Es geht mir schon besser. Es ist gleich wieder gut.«

Andrea ging neben dem Sofa in die Hocke, legte vorsichtig die Hand an Finas blasse Wange und murmelte zärtlich: »Aber Mamilein!« so wie sie als Kind gesagt hatte.

Die Liebkosung trieb Fina die Tränen in die Augen.
»Mir ist schon besser«, wiederholte sie. »Nimm dir was zu essen, Kind. Es ist noch Kartoffelsuppe da.«
»Na, da kann ich ja wohl gehen, wenn ihr beiden glücklich vereint seid«, sagte Heidi gehässig, »da bin ich ja hier überflüssig.«
»Du bleibst!« sagte Fina überraschend streng.
»Aber sie muß doch ins Geschäft zurück«, meinte Andrea ahnungslos. »Jetzt bin ich ja da. Hast du sie holen lassen?«
»Nein, meine Süße. Sie hat mich nicht holen lassen, und ich muß auch nicht ins Geschäft zurück. Drüben bin ich nämlich rausgeflogen. Erzähl's ihr schon, Mutter. Sie erfährt's ja doch, das Musterkind.«
»Erzähl es ihr doch selber«, sagte Fina ruhig.
Andrea blickte ihre Schwester an. Heidi war nicht so hübsch wie sonst. Die Augen rot vom Weinen, das lange hellblonde Haar zerzaust, und um den Mund hatte sie einen bösen, bitteren Zug.
»Du bist rausgeflogen?«
»Genau. Die alte Hexe hat mich rausgeschmissen. Weil ich angeblich geklaut habe.«
»Und? Hast du?«

Heidi machte einen Schmollmund und zuckte die Achseln. Sie schwieg.

»Die Polizei wird kommen«, sagte Fina.

»Was hast du denn geklaut?«

»Gar nichts. Ist nicht der Rede wert.«

»Was?«

»Ich sag' ja, es ist nicht der Rede wert. Neulich mal 'n Lippenstift. War sowieso bloß ein Muster. Und das mit den Manteltaschen, da spinnt die Alte einfach.«

»Was für Manteltaschen?«

»Ich soll den Kundinnen Geld aus den Manteltaschen geklaut haben. Die haben ja meist gar keins drin.«

»Um das festzustellen, muß man ja erst mal hineingreifen«, sagte Andrea logisch.

»Ach, laß mich doch in Ruhe, blöde Ziege!«

»Bitte, Kinder, streitet euch nicht«, sagte Fina leise. »Es ist alles schlimm genug. Wie sollen wir es bloß Vater beibringen? Was wird er tun?«

»Das können wir uns ziemlich genau vorstellen«, schrie Heidi plötzlich wütend. »Aber mit mir nicht! Diesmal nicht!«

Auch auf Andreas Gesicht zeigte sich jetzt ein Ausdruck von Trotz und Abwehr. Aber sie schwieg, streichelte die Wange ihrer Mutter. »Soll ich nicht doch lieber den Arzt holen?«
»Nein. Ich hatte noch Tabletten da. Die hab' ich genommen. Ich steh' jetzt gleich auf. Iß jetzt deine Suppe, und dann mach den Laden wieder auf.«
»Hast du schon lange zu?«
»Eine Stunde etwa.«
»Ich mach' gleich auf. Heidi kann inzwischen die Suppe wärmen. Ich ess' dann gleich. Und du bleibst noch ein bißchen liegen, Mutter, ja?«

Der enge, dunkle, kleine Laden! Der Geruch darin, den sie haßte. Andrea ließ den Blick flüchtig über die Kisten schweifen, die am Boden standen. Kartoffeln waren da, Zwiebeln, ein paar Krautköpfe, Äpfel, Orangen und Zitronen. Das war's auch schon. Niemals war alles da, was die Kunden wollten.
Andrea drehte den Schlüssel in der Ladentür herum und starrte durch die Scheibe hinaus auf die Babingerstraße. Die Sonne schien, richtig warm war es heute gewesen. Frühling lag in der Luft.

Vorhin, als sie heimging, hatte sie gedacht: jetzt wird es bald Frühling. Sie müssen sich jetzt entscheiden. Heute muß ich mit ihnen sprechen.
Sie war sehr glücklich gewesen auf dem Heimweg. Eine Eins in der Mathematikarbeit. Und in der Chemiestunde der gelungene Versuch, ganz allein durchgeführt.
Tommy hatte gesagt: »Du bist die geborene Chemikerin, Andrea. Wo hast du das bloß her? Dir sitzt die Chemie in den Fingerspitzen.«
»Und die Biologie doch auch, nicht, Herr Doktor?« hatte Andreas Freundin Uschi, vorlaut wie immer, dazwischengegackert. »Ein richtiges Genie: die Andrea. Die wird glatt eine neue Madame Curie.«
Die Klasse hatte sich lauthals amüsiert. Oberstudienrat Dr. Thomas Gruber, genannt Tommy, lachte mit. Die Mädchen liebten ihn heiß und innig, auch die, denen Chemie und Biologie ewig ein Buch mit sieben Siegeln bleiben würde. Ihm zuliebe gaben sie sich sogar Mühe, den schwierigen Kram zu verstehen. So einem Lehrer mußte man schon gelegentlich einen Gefallen tun. So drückte es Uschi aus.
Nicht nur, daß er gut aussah, der Tommy, er hatte

richtigen Charme. Wenn er die Mädchen anlächelte, mit kleinen Fältchen in den Augenwinkeln, und dann irgend etwas sagte, meist etwas Treffendes und Witziges, da waren sie hingerissen. Von ihm ließen sie es sich sogar gefallen, daß er sie duzte. Schließlich waren sie sechzehn und mußten mit »Sie« angesprochen werden. Aber bei Tommy war das anders. Er sagte nur Sie, wenn er mal böse war. Das war eine Strafe.

Nun lächelte Andrea doch. Durch die Ladentür hinaus auf die mittäglich leere Babingerstraße. Tommy war ihr Lieblingslehrer und sie seine Lieblingsschülerin. Das stand fest, auch wenn darüber nicht geredet wurde. Aber das war noch nicht alles. Sie liebte Tommy. Richtig. Darüber sprach sie natürlich nicht. Es war mit ein Grund – aber nicht der einzige –, daß ihr Chemie und Biologie soviel Spaß machten. Sie fand es einfach interessant. Die Möglichkeiten, die in den Dingen steckten. Die Verwandlung der Stoffe, was man mit ihnen machen konnte. Und machen würde. Wenn man erst anfing, darüber nachzudenken, konnte man nicht mehr aufhören.

Da kam jemand über die Straße, direkt auf den Laden zu. Das war Frau Dr. Anschütz, die wohnte hier im Hause und kaufte manchmal bei ihnen ein. Ob die das wußte – das mit der Heidi?

»Grüß Gott!« sagte Andrea, als die Frau Doktor hereinkam. Hübsch sah sie heute aus, das hellbraune Haar schimmerte seidig.

»Grüß dich«, sagte Beate Anschütz. »Was könnte ich mir denn schnell zu essen machen, was nicht lange dauert?«

Ratlos blickte Andrea sich um. Wenn man wenigstens so eine Kühlbox mit gefrorenen Fertiggerichten hätte. »An was dachten Sie denn?«

»Bis jetzt noch an gar nichts. Ich muß um drei in der Uni sein, es muß schnell gehen. Vielleicht irgendeine Büchse. Habt ihr Ravioli da?«

»Ja, Ravioli müssen da sein«, sagte Andrea eifrig, und glücklicherweise fand sie die Büchse gleich.

»Bißchen Salat dazu?«

»Salat haben wir leider heut' nicht.«

»Na, macht nichts, da nehme ich...«

Beate überlegte mit schiefgelegtem Kopf. Jung sah sie aus, kaum zu glauben, daß sie schon so was wie ein Professor ist, dachte Andrea.

»Da nehme ich eine kleine Büchse Erbsen dazu. Das geht doch, nicht?«
»Doch. Das geht prima.«
Sie lächelten sich an. Beate Anschütz, einunddreißig Jahre alt, Privatdozentin für Romanistik an der Universität München; Andrea Winter, sechzehneinhalb, Schülerin eines Gymnasiums. Sie kannten sich kaum. Eigentlich nur vom Sehen und Grüßen. Obwohl die Frau Doktor nun schon seit zwei Jahren in der Babingerstraße 7 wohnte. Sie kannten sich kaum, aber sie mochten einander leiden. Ohne zu wissen, warum. Wie es eben so geht mit der Sympathie. Manche Leute sind einem gleichgültig und manche mag man. Einfach so. Sie ahnten nicht, daß sie einander bald besser kennenlernen würden.
Beate sagte: »Und dann brauche ich noch ein Viertelpfund Butter und zwei Flaschen Bier. Und ein Paket Knäckebrot.« Dabei dachte sie: Wo mag die Heidi sein? Frau Buschl ist nicht zu sehen. Es geht mich ja nichts an, aber ich hätte es der Frau Strettinger nochmals sagen sollen, daß sie die Polizei nicht verständigen soll. Die Heidi ist eine dumme Gans, einer müßte ihr mal Bescheid sagen. Die arme Frau

Buschl wird bestimmt nicht mit ihr fertig. Und er? Ach, du lieber Gott... Manchmal, wenn sie spät nach Hause kam, nach einem Seminar oder auch mal von einer Party, hatte sie Herrn Buschl schon gesehen, wenn er zuviel getrunken hatte. Und vor allem hatte sie ihn gehört.

Andrea packte die Einkäufe in eine Tüte, Beate Anschütz legte einen Zehnmarkschein auf den Ladentisch. Sie fragte: »Wie geht's in der Schule?«

»Danke gut.« Und nun mußte Andrea es doch jemand sagen: »Heute habe ich eine Eins in Mathe geschrieben.«

»Kann nicht wahr sein. Du hast aber seltene Talente! In Mathe war ich immer eine Niete. Da bin ich mit Hängen und Würgen durchs Abi gekommen. Ehrlich.«

Von den chemischen Heldentaten zu erzählen, blieb leider keine Zeit, denn eine neue Kundin betrat den Laden. Frau Dr. Anschütz nahm Tüte und Wechselgeld und entschwand, um sich rasch ihr Mittagessen zu bereiten.

Und Andrea hörte: »Habt ihr denn keine gelben Rüben da? Danke, nein, da hole ich erst mal das Gemüse. Komm' auf dem Rückweg wieder vorbei. Wiedersehen!«

Sie würde nicht kommen. Andrea wußte das.

Heidi steckte den Kopf zur Tür heraus. »Die Suppe ist heiß.«

»Bleibst du solange im Laden?«

»Ich denk' nicht dran. Daß sie alle kommen und mich anstarren, was? Laß doch die Tür offen. Da hören wir ja, wenn einer kommt.«

Aber Andrea konnte ihre Suppe in Ruhe essen, es kam keiner in der nächsten Viertelstunde, und nachher ging ihre Mutter zurück in den Laden.

Er ging wirklich nicht gut, der Laden von Frau Buschl in der Babingerstraße. Er ging genaugenommen von Tag zu Tag schlechter. Das lag zunächst an dem Laden selbst, der eng und klein und altmodisch war, und dann lag es natürlich an den Waren, die fehlten. Es kamen eigentlich nur noch Leute, die es so gewohnt waren; oder weil sie die Frau Buschl kannten und leiden mochten und ein bißchen mit ihr schwatzen wollten. So ein paar richtig alteingesessene Babinger halt. Allzu viele waren es aber nicht.

Die Babingerstraße

Die Babingerstraße in München-Schwabing ist weder besonders lang, noch besonders schön. Schwabing ist bekanntlich ein Stadtteil von München, der sich einbildet, etwas Besonderes zu sein. Warum das so ist, läßt sich nicht genau ergründen. Es gibt dort hübsche und weniger hübsche Gegenden, vornehme stille Straßen mit prächtigen Häusern, die aus der Jahrhundertwende stammen, aber es gibt auch ausgesprochen häßliche Straßen mit alten vergammelten Häusern. Natürlich sind im Lauf der letzten Jahre auch eine Menge moderner Häuser gebaut worden, teils wo der Krieg Lücken gerissen hatte, teils wo alte, unmoderne Häuser abgebrochen wurden.

Außerdem befinden sich in Schwabing die Universität, die Akademie der bildenden Künste, diverse Schulen, Kirchen, Behörden, Polizeireviere und was sonst alles in den Stadtteil einer Großstadt gehört. Vor allem aber gibt es jede Menge Lokale; vom teuren Luxus-Restaurant bis zur miesen kleinen Kneipe ist jede Sorte vertreten, dazu viele Nachtlokale, die teilweise einen legendären Ruf haben, der noch auf die gute, alte Zeit zurückgeht. In ihnen spielt sich lautstark und meist fröhlich das Münchener Nachtleben ab.

Schließlich und endlich gilt Schwabing als das Künstlerviertel von München; hier wohnten schon früher und wohnen noch heute Maler, Bildhauer, Musiker, Schauspieler, Schriftsteller und ähnliche Leute.

Das wichtigste von Schwabing sind die Schwabinger. Sie bilden sich viel darauf ein, gerade hier zu wohnen. Man weiß nur nicht so recht, warum.

Was nun die Bewohner der Babingerstraße angeht, so halten sie sich selbst für die allerechtesten Schwabinger. Wenn man versucht, dieser Einbildung auf den Grund zu gehen, bieten sich verschiedene Erklärungen an.

Einmal die, daß die Babingerstraße wirklich mitten im tiefsten, ältesten Schwabing liegt, und vielleicht auch, weil die Bewohner dieser Straße besonders treu sind. Es gibt nicht wenige, die schon hier geboren sind und nicht die Absicht haben, ihre Straße jemals zu verlassen. Aber nicht zuletzt ist es der Dichtkunst vom dicken Haselmeier zu verdanken. Otto Haselmeier, Gastwirt, Besitzer vom Babinger-Eck, das sich gleich im Haus Nummer 1 befindet, hat vor vielen Jahren einmal den berühmten Ausspruch getan: »Wir Babinger sind die rechten Schwabinger.« Weil er so stolz war auf dieses Wortspiel, verpaßte es der dicke Otto mit jedem Bier, das er ausschenkte, mit jedem Krug, mit jeder Flasche, die an seiner Gassenschenke verkauft wurde, jedem seiner Kunden als Gratiszugabe: »Wir Babinger sind die rechten Schwabinger.« Und auch als der dicke Otto längst in jenseitige Gefilde abgewandert war und Kneipe samt Zapfhahn seiner Tochter Berti und seinem Schwiegersohn Oskar überlassen hatte, blieb sein berühmter Spruch am Leben und verlieh ihm auf diese Weise eine gewisse Art von Unsterblichkeit. Die Gäste vom Babinger-Eck nannten Oskar der Einfachheit halber ebenfalls Otto und hielten sich nach wie vor für den Mittelpunkt Schwabings und damit Münchens. Und überhaupt der ganzen Welt. Dabei war die Babinger-

straße wirklich keine schöne Straße. Ihre Häuser waren meist vierstöckig, bis auf die Nummer 5, die es nur auf drei, und die Nummer 10, die es gar nur auf zwei Stockwerke gebracht hatte.
Diese Häuser waren alle altmodisch, wenig gepflegt und irgendwie verwahrlost, was jedoch insofern von Vorteil war, als die Mieten sich in erschwinglichen Höhen hielten. Was man von anderen Schwabinger Wohnungen nicht sagen konnte. Und das war vielleicht mit ein Grund, daß die Babinger ihrer Straße die Treue hielten. Gleich um die Ecke am Ende der Babingerstraße wurde die Gegend viel vornehmer. Die Querstraße besaß feine Häuser, in denen wohlhabende Leute wohnten, es gab dort ein bekanntes Schlemmerlokal und eine renommierte Pension.
Wenn man sich also in besserer Umgebung ergehen wollte, brauchte man nur um die Ecke zu biegen. Das ist keine Seltenheit in Schwabing, so etwas gibt es hier öfter, denn der ganze Stadtteil ist wie ein Flekkerlteppich zusammengesetzt, und genau betrachtet, macht gerade dies seinen besonderen Charme und jene gewisse Atmosphäre aus, die man mit dem Namen Schwabing verbindet.

Übrigens hatte auch die Babingerstraße selbst ihren vornehmen An- beziehungsweise Abschluß gefunden: das Haus Nummer 17 nämlich, das letzte auf der rechten Seite, wo man einen funkelnagelneuen erstklassigen Neubau hingestellt hatte, zartgelb getüncht, mit schrägen Balkons und breiten Fenstern, mit Lift im Haus und Mietpreisen, die sich bei einer Dreizimmerwohnung schlicht und ergreifend fast niemand mehr leisten konnte.

In eben dieser vornehmen Nummer 17 befand sich im Parterre ein piekfeiner Laden, das Lebensmittelgeschäft von Max Josef Breuer, ein Laden strahlend von Licht, für Selbstbedienung eingerichtet, groß und tief und lang und breit, wo auch die feinen Damen, die um die Ecke wohnten, mit dem Wägelchen durch die Warengassen rollten, in denen von englischer Marmelade bis zu kalifornischen Hummerschwänzen alles zu haben war, was gut, teuer und gefragt war. Früher hatte sich an diesem Platz die Kohlenhandlung von Willy Huber befunden, eine naturgemäß schwärzliche und nicht sehr attraktive Angelegenheit, doch als Herr Huber alt geworden war und die Kohlen satt hatte, verkaufte er das

Grundstück für teures Geld, baute sich für den Erlös einen Bungalow am Starnberger See, und die Babinger bekamen das schicke Haus an ihre letzte Ecke gesetzt. Darüber hätte sich nun eigentlich niemand zu ärgern brauchen, aber die Babinger ärgerten sich doch, sie mochten das neue Haus nicht; es gibt eben Leute, die sich gern ärgern; »Grantlhuber« nennt man solche Leute in München. Und am meisten mußte sich natürlich die Frau Buschl – allgemein die Buschl-Fina genannt – über den Neubau ärgern, weil sich darin das Geschäft von Herrn Breuer befand. Bis dahin hatte sie das einzige Lebensmittelgeschäft in der Babingerstraße gehabt. Es gab zwar noch einen Metzger, ebenfalls recht klein und bescheiden, aber der war schließlich keine Konkurrenz für sie. (Der Metzger hatte übrigens inzwischen pleite gemacht, denn Herr Breuer hatte auch eine erstklassige Fleischabteilung in seinem Laden.)

Dann gab es in der Babingerstraße einen Schuster, eine bescheidene kleine Modistin, einen Schreibwarenladen, wo es auch Zeitungen und Taschenbücher gab, einen Elektroladen, den Salon Strettinger, eine Drogerie und zwei Trödler, die sich natürlich nicht

Trödler nannten; der eine hatte Antiquitäten über seinem trüben Schaufenster stehen und der andere gar nichts.
Wer also früher ein Viertelpfund Butter, 100 g Hartwurst, zwei Pfund Kartoffeln, einen Kopf Wirsing oder ein Päckchen Nudeln erstehen wollte, der war auf die Buschl-Fina angewiesen, es sei denn, er entschloß sich, ein Stück weiter zu wandern, entweder am oberen oder am unteren Ende der Babingerstraße um die Ecke zu biegen und einen entfernteren Laden aufzusuchen. Aber man weiß ja, wie Hausfrauen sind. Meist eilt es – der Mann kommt zum Essen, die Kinder aus der Schule –, wenn es also nichts Ausgefallenes sein sollte, ging man schnell zu der Buschl-Fina und ersparte sich einen weiteren Weg.
Aber das hatte sich geändert. Die Babingerinnen waren schließlich nicht so von gestern, daß Herr Breuers schicker Laden sie nicht angezogen hätte. Es kostete nicht mehr Geld und nicht mehr Zeit, bei ihm einzukaufen als bei der Buschl-Fina. Das heißt: wenn man ehrlich war, mußte man zugeben, daß es doch mehr Geld und Zeit kostete, denn das reichhaltige Angebot auf Herrn Breuers Regalen war so ver-

lockend, daß fast jede Hausfrau mehr einkaufte, als sie beabsichtigt hatte. Daraus ergab sich – so etwas nennt man einen Circulus vitiosus –, daß die Ansprüche der Babingerinnen stiegen, und nun konnten sie mit dem mickrigen Laden von der Buschl-Fina schon gleich gar nichts mehr anfangen. Viele gingen überhaupt nicht mehr hin, manche nur aus alter Anhänglichkeit, zum Schwatzen und so... aber das hatten wir schon.

Die Buschl-Fina, die schon vorher mit ihrem Laden keine reiche Frau geworden war, merkte es sehr bald. Der Umsatz ging rapide zurück; das wieder brachte es mit sich, daß sie beim Einkauf zurückhaltend sein mußte, weil ihr das Geld fehlte. Ihr Warenangebot wurde immer kläglicher, davon wurde der Umsatz nicht besser, und es war leicht auszurechnen, daß sie in nicht zu ferner Zukunft ihren Laden ganz würde zusperren müssen.

Fina

Da wir gerade bei ihr sind, wäre es keine schlechte Gelegenheit, an dieser Stelle kurz den Lebenslauf der Fina Buschl in Augenschein zu nehmen, woraus sich schließlich erklärt, warum sie das geworden ist, was sie ist: eine früh gealterte, vergrämte und nun noch kranke Frau. In ihrem Leben hatte es wenig Freude, fast kein Glück und niemals ausreichend Geld gegeben.

Sie stammte aus Peißenberg in Oberbayern, ihr Vater war Grubenarbeiter gewesen und früh gestorben. Immerhin hatte er Finas Mutter mit sieben Kindern versorgt, und man kann sich leicht denken, daß es in Finas Jugend recht mager hergegangen war. Damals, zu Hause, nannte man sie noch Finerl, eigentlich war sie auf den Namen Josefine getauft. Schon mit vierzehn Jahren mußte das Finerl beim Bauern arbeiten, und zwar hart arbeiten, sie bekam kein Geld – nur das Essen und an Weihnachten ein Kleid von der Bäuerin. Mit siebzehn Jahren hatte sie dieses Leben satt und beschloß, nach München zu gehen und sich dort eine Arbeit zu suchen. Ihre Mutter war zwar dagegen, aber Finerl fand eine Verbündete in ihrer Schwester Marie, die vier Jahre älter war und schon seit zwei Jahren eine gute Stellung in München hatte. Sie würde sich um die jüngere Schwester kümmern, versprach Marie, und ihr vor allem helfen, eine Stellung zu finden.

So kam Finerl nach München und wurde Hausangestellte bei der Familie Horn, die in einer Villa in Bogenhausen wohnte. Bogenhausen ist auch ein Stadtteil von München, allerdings vornehmer als Schwabing, aber auch ein bißchen langweiliger.

Herr Horn war Bankdirektor, ein sehr netter, ruhiger Herr, und seine Frau war eine zurückhaltende gepflegte Dame. Ihre Tochter war schon über zwanzig und studierte. Ein angenehmer Haushalt also, doch Arbeit gab es genug, immerhin waren es acht Zimmer im Haus, die aufgeräumt und saubergehalten werden mußten; in der Küche brauchte das Finerl nur zur Hand zu gehen, denn man hatte auch eine Köchin.

Finerl kam sich vor wie im siebenten Himmel, sie

war willig und brav, tat alles, was man von ihr verlangte, sie war fleißig und ehrlich und eifrig bemüht, sich der neuen Umgebung anzupassen. Das gelang recht gut. Sie wurde gut behandelt, bekam zum erstenmal in ihrem Leben reichlich zu essen, hatte eine kleine Kammer für sich allein; das war überhaupt die größte Sensation ihres jungen Lebens. Sie verdiente nicht viel Geld, aber sie brauchte ja auch so gut wie keins. Einmal in der Woche hatte sie einen freien Nachmittag, jeden zweiten Sonntag hatte sie frei. An solchen Tagen besuchte sie ihre Schwester Marie, die bei einem General angestellt war, und wenn es sich traf, daß die Marie am gleichen Tag frei hatte, gingen die beiden in die Stadt, wo Finerl das wunderschöne große München bestaunen konnte. Alles in allem war dies die glücklichste und sorgenfreieste Zeit ihres Lebens.
Zwar begann zwei Jahre darauf der Krieg. Aber zunächst änderte das an Finerls Leben nicht das geringste. Es fielen noch keine Bomben, in München war es friedlich, man kaufte zwar die Lebensmittel jetzt auf Marken, doch es gab genug zu essen, jedenfalls mehr, als Finerl zu Hause bekommen hatte.

1940 verschwand Marie dann aus ihrem Leben. Marie, die ein sehr hübsches Mädchen war, groß, gut gewachsen, mit dunklen Augen und dunklem Haar, dazu sehr lebenslustig und aktiv, hatte schon seit zwei Jahren einen festen Freund, einen fröhlichen jungen Mann, der gut zu ihr paßte. Er war Automechaniker, stammte aus Gelsenkirchen, und als Marie ihn kennenlernte, arbeitete er für einige Monate in München, nur so – weil er mal von zu Hause wegwollte. Marie hatte ihn auf dem Oktoberfest kennengelernt, sie hatten sich verliebt, und als der junge Mann ein halbes Jahr später nach Gelsenkirchen zurückkehrte, weil er dort in der Reparaturwerkstätte seines Vaters gebraucht wurde, war es ein tränenreicher Abschied.

Nun hätte Maries Liebesgeschichte natürlich zu Ende sein können, doch es zeigte sich, daß es eine haltbare Liebe war; sie schrieben sich fleißig Briefe, und wenn der junge Mann einmal Zeit hatte, fuhr er rasch nach München, um seine Marie zu besuchen. Einmal besuchte ihn Marie in Gelsenkirchen, lernte seine Eltern kennen, und bei der Gelegenheit verlobten sie sich. Als der Krieg begann, wurde Maries Verlobter eingezogen und wollte möglichst schnell heiraten. Im Frühjahr 1940, noch ehe der Frankreichfeldzug begann, heirateten sie, und Marie zog zu ihren Schwiegereltern nach Gelsenkirchen, wo sie willkommen war und ein gutes Leben hatte. Ein Jahr darauf bekam sie ein Kind, zwei Jahre später ein zweites, ihr Mann überlebte den Krieg, kam gesund nach Hause und wurde mit seiner Werkstatt und der Tankstelle im Laufe der Jahre ein wohlhabender Mann. Marie war offensichtlich unter einem glücklicheren Stern geboren als ihre Schwester Josefine, deren Leben nicht so angenehm verlief.

Aber damals – 1940 – war noch nicht erkennbar, wieviel Pech Finerl haben sollte. Zunächst ging alles weiter wie zuvor. Zwar vermißte sie ihre Schwester, doch nicht so sehr, daß es ihr das Herz gebrochen hätte. Sie kannte sich inzwischen ganz gut aus in München, im Hause Horn fühlte sie sich wohl, sie tat ihre Arbeit und war zufrieden. Hatte Marie immer schon, auch ehe sie ihren späteren Mann kennenlernte, mal geflirtet und hin und wieder einen Freund gehabt, so hatte Finerl derartiges noch nicht erlebt. Sie war weniger hübsch als ihre Schwester, klein, zierlich, sehr schüchtern und zaghaft, wenn sie mit fremden Leuten zusammenkam, und nicht der Typ, auf den junge Männer aufmerksam wurden. Als sie sich dann schließlich doch verliebte, war es ein weltbewegendes Ereignis für sie. Der junge Mann hieß Hans Winter, war natürlich auch Soldat, und als Finerl ihn traf, hatte er gerade Urlaub, den er bei seiner Mutter in Schwabing in der Babingerstraße verbrachte. Sie lernten sich im Kino kennen. Finerl ging furchtbar gern ins Kino, an jedem freien Nachmittag, und immer allein. Hans Winter saß zufällig neben ihr, der Film war sehr aufregend und ein wenig traurig, und Finerl vergoß ein paar Tränen. »Aber, aber«, sagte Hans Winter zu ihr, als es im Kino hell wurde, »Sie werden doch nicht weinen!« Eigentlich war auch er eher ein schüchterner junger Mann, aber durch den Krieg war er ein Stück in der Welt herumgekommen und etwas gewandter geworden. Finerl, noch eine Träne auf der Wange, wurde rot und beeilte sich, aus der Reihe herauszukommen. Damals waren die Kinos immer sehr voll, das ging also nicht sehr schnell; Hans blieb dicht hinter ihr und versuchte, noch einige Trostworte anzubringen.

Als sie glücklich draußen waren, fragte er sie, ob sie nicht zur Beruhigung mit ihm irgendwo ein Glas Bier trinken wolle. Erst schüttelte sie stumm den Kopf, aber er gab nicht so schnell auf, und schließlich ging sie mit ihm in eine Wirtschaft.

Es war das erste Mal in ihrem Leben, daß sie so etwas tat, und es war noch viel aufregender als der Film, wie sich bald herausstellte.

Wie meistens in jener Zeit wurde es eine Urlaubs- und Briefliebe. Sie sahen sich selten, aber alle Gedanken Finerls kreisten nun ständig um ihren Soldaten; sie schrieb ihm fleißig und schickte Päckchen und liebte ihn sehr. Im Jahr 1944 heirateten sie, und das war die letzte Gelegenheit, bei der Finerl ihn sah. Sie hatte nicht soviel Glück wie ihre Schwester. Ihr Mann kam aus dem Krieg nicht zurück.

Auch mit ihren Schwiegereltern hatte Finerl kein Glück. Das heißt, es gab nur eine Schwiegermutter, und die war, wie das oft ist bei Schwiegermüttern, mit der Ehe ihres Sohnes nicht einverstanden gewesen.

Die Stellung hatte Finerl aufgegeben und war in die Babingerstraße gezogen. In dieselbe Wohnung, in der sie heute noch lebte; denn der kleine Laden gehörte damals ihrer Schwiegermutter, Frau Winter, und Finerl mußte im Laden helfen.

Damals ging das Geschäft sehr gut, es war – wie gesagt – die Zeit der Lebensmittelmarken, und die zu sammeln, einzukleben und abzuliefern machte eine Menge Arbeit, die meistens das Finerl tat. Die Leute, die im Laden einkauften, mochten sie. Sie war freundlich und nett; die Schwiegermutter machte ihr zwar das Leben nicht immer leicht, aber einigermaßen ging es. Als sie erfuhren, daß Hans nicht zurückkommen würde, weinten sie zusammen; eine Zeitlang verband sie der große Kummer, auch die Angst und der Schrecken der Bombenzeit, dann die langsam besser werdenden Verhältnisse nach der Währungsreform. Es gab wieder Ware; das Geschäft ging gut, und die beiden Frauen konnten davon leben. Irgendwelche Freuden jedoch gab es im Leben der Josefine Winter nicht. Auch keine Liebe mehr. Eine Zeitlang bemühte sich ein Herr Hintermeier um sie, er wohnte in der Babingerstraße und arbeitete in der Stadtverwaltung und wäre vielleicht gar keine so schlechte Partie gewesen, aber er gefiel ihr nicht. Er

war ein ältlicher, dicker Witwer, und Fina konnte sich alles vorstellen, nur nicht, daß sie mit diesem Mann verheiratet sein sollte.
Und dann passierte es, ganz plötzlich, wie ein Blitz aus heiterem Himmel. Sie verliebte sich zum zweiten Mal in ihrem Leben, und zwar, wie das bei ihr immer war, gründlich und ohne Vorbehalt. Sie hätte zwar schon etwas klüger sein müssen, doch sie war nun mal, wie sie war: harmlos und ahnungslos und natürlich auch hungrig nach Liebe, nach einem Menschen, der zu ihr gehörte.
Es war der Vertreter einer Wurstfabrik, der manchmal in den Laden kam. Damals führten sie noch ein reichhaltiges Angebot an Wurstwaren. Er war frisch und munter, sah gut aus, nahm den Mund immer etwas voll, er lachte die Fina an, machte ihr Komplimente – das gehört bei einem Vertreter zum Beruf – aber das wußte sie nicht. Sie nahm alles für bare Münze, was er ihr sagte: daß sie schöne Augen hätte und ein reizendes Lächeln und was dergleichen Schmus mehr war. Möglicherweise wäre weiter nichts passiert, wenn Frau Winter, die Schwiegermutter, sie nicht verspottet hätte.

»Mei, bist du blöd«, sagte Frau Winter beispielsweise, »der führt dich an der Nase herum. Du glaubst doch nicht im Ernst, daß sich der was aus dir macht?«

Da wollte es die Fina also wissen, und so rasselte sie in ihr Unglück hinein.

Erst natürlich dachte sie, es wäre ein Glück; sie war sehr verliebt, und alles war auch eine Weile sehr schön. Sie wartete, daß er kam; sie gingen zusammen aus, auch zum Tanzen und einmal sogar auf den Fasching – das erste und einzige Mal in ihrem Leben, daß sie zum Fasching ging! Sie kaufte sich zweimal ein neues Kleid, richtig schicke Kleider. Er kam mit, wenn sie einkaufte, und beriet sie. Ihre Figur war nämlich wirklich sehr hübsch, sie war schlank wie ein junges Mädchen. Und dann kam es noch toller, sie fuhr mehrmals mit ihrem Freund zum Wochenende in die Berge mit seinem schicken Auto. Es war ein richtiges High-life, das die Fina damals führte, und was die ältere Frau Winter dazu sagte, kann man sich leicht vorstellen. Leider, leider behielt sie recht; denn eines Tages war Fina schwanger.

Daran hatte sie gar nicht gedacht, daß so etwas

passieren könnte. Erst war sie erschrocken, aber dann dachte sie trotzig: Warum nicht? Wir werden eben heiraten. Davon konnte aber keine Rede sein: ihr charmanter Freund war verheiratet. Wovon er ihr bis jetzt nichts gesagt hatte. Und danach verschwand er blitzschnell aus ihrem Dasein.

Kein Glück also für Josefine Winter in der Babingerstraße. Es war eine böse Zeit. Bei ihrer Schwiegermutter hatte sie jetzt buchstäblich die Hölle auf Erden. Und dazu kam die Babingerstraße, die an dem Geschehen regsten Anteil nahm.

Manchmal war Fina nahe daran, ihren Koffer zu packen und der Babingerstraße den Rücken zu kehren. Aber dann steifte der Trotz ihren Nacken. Sie mußte an das Kind denken; irgendwo mußte sie mit ihm bleiben.

Das sagte auch der einzige Freund, den sie in jener schweren Zeit besaß, Max Dollinger, dem der kleine Trödlerladen in der Nummer 15 gehörte. Er war ein grauhaariger kleiner Mann, der nicht viel Schönes erlebt hatte, dem aber die gute Laune nie abhanden gekommen war. Und er hatte sehr viel Verständnis für seine Mitmenschen.

»Warum sollst du kein Kind kriegen, Fina?« sagte er. »Kümmere dich nicht um die Leute. Sollen sie doch das Maul aufreißen. Wir leben in einer modernen, aufgeklärten Welt, ein Kind ist keine Schande, irgend etwas braucht der Mensch, was er liebhaben kann. Wein nicht und gräm dich nicht, sondern freu dich auf dein Kind. Und gräm dich nicht wegen dem Filou, weil er auf und davon ist. Eine Zeitlang war es doch sehr nett für dich, daran solltest du denken. Es wird eine Zeit kommen, da wirst du froh sein, daß du es erlebt hast.«

Das konnte Fina ihm nicht ganz glauben, aber es war nun mal, wie es war. Sie hatte schlimmere Dinge erlebt, Krieg und Bombennächte und den Tod von Hans, und vielleicht würde es wirklich keine so furchtbare Tragödie sein, ein Kind zu bekommen. Im Innersten ihres Herzens wollte sie es ja gerne haben.

Und ihr Herz hatte sie richtig beraten; denn wenn es etwas in Finas Leben gab, was ihr Glück brachte, was ihr wohl gelang, dann war es ihre Tochter Andrea.

Zunächst einmal blieb es allerdings schwierig. Die

ältere Frau Winter wurde nicht freundlicher, nachdem das Kind geboren war; im Gegenteil, ihre Feindseligkeit wurde immer größer. Sie sah das Baby mit scheelen Augen an und hätte keinen Finger für das Kind gerührt.

Zu der Zeit faßte Fina den festen Entschluß, ihre Schwiegermutter zu verlassen und sich mit ihrem Kind ein eigenes Leben aufzubauen; doch so einfach war das natürlich nicht. Sie schrieb auf Stellenangebote und bewarb sich mehrmals. Aber sie hatte ja nicht viel gelernt, und niemand wollte sie haben. Vielleicht war es am besten, wieder in einen Haushalt zu gehen; Hausangestellte wurden immer gesucht. Doch was machte sie dann mit dem Kind?

Sie besprach sich mit Max, dem Trödler, zeigte ihm die Annoncen, auf die sie schreiben wollte, und brachte ihm die wenigen Antworten, die sie erhielt.

»Warum probierst du's nicht mal mit dem Heiraten?« meinte Max.

Fina lachte. »Wen soll ich denn heiraten?«

»Einen, der eine Frau braucht«, antwortete Max, blätterte in der Zeitung weiter und war auf der Seite mit den Heiratsannoncen gelandet.

»Ich kann doch nicht auf eine Heiratsannonce schreiben!« sagte Fina empört.

»Warum nicht? Du hast wenig Gelegenheit, einen Mann kennenzulernen.«

»Das täte ich nie.«

»Gut. Dann werde ich es für dich tun.«

Und so lernte Fina den Alois Buschl kennen. Was übrigens in der Babingerstraße keiner wußte; Max war ein Mensch, der ein Geheimnis für sich behalten konnte.

Alois Buschl hatte vor einem Jahr seine Frau verloren, er hatte eine kleine Tochter von anderthalb Jahren, und darum brauchte er eine neue Frau.

Er war keine besonders großartige Eroberung, das stellte sich im Lauf der Zeit heraus. Am Anfang schien er ganz annehmbar. Er war Kriegsinvalide, hatte nur noch einen Arm, er war keine üble, aber auch keine besonders glanzvolle Erscheinung. Er trank gern mal ein Glas zuviel, und dann wurde er laut und streitsüchtig.

Als Fina seine Bekanntschaft machte, Sonntag nachmittags in einem Café in der Leopoldstraße, wirkte er recht vernünftig. Zu der Zeit war er Fahrstuhlführer in einem großen Kaufhaus, später avancierte er zum Pförtner bei einer Behörde, und diesen Posten übte er heute noch aus. Im Dienst war er ordentlich und nüchtern, nur wenn er abends heimkam, landete er zumeist erst im Babinger-Eck, und oft ging er noch nach dem Abendbrot auf ein Bier aus dem Haus. Dagegen war im Grunde nichts zu sagen, er hatte einen Stammtisch, wo er Karten spielte, dabei wurde es manchmal spät, aber daran gewöhnte sich die Fina.

In der Babingerstraße waren sie geblieben, und das kam so: Als sie sich damals ziemlich rasch entschloß, den Alois Buschl zu heiraten, bestand ja noch die Absicht, Schwiegermutter, Babingerstraße und Laden zu verlassen. Doch dann starb Frau Winter plötzlich, und Laden und Wohnung gehörten Fina. Also blieb man. Herr Buschl und seine kleine Tochter Heidi zogen in der Babingerstraße ein, was für die Straße ein Ereignis war und für einige Zeit Fina ein gewisses Ansehen verlieh. Da hatte sie also wirklich noch einen Mann ergattert – man sollte es kaum glauben.

Fina hatte nun viel zu tun. Da war der Laden, da waren der Mann und zwei kleine Kinder. Heidi, ein Jahr älter als Andrea, war ein süßes Kind, blond und blauäugig, sehr lebhaft und überall beliebt. Die beiden kleinen Mädchen wuchsen wie Schwestern auf, es dauerte lange, bis sie überhaupt begriffen, daß sie gar nicht verwandt miteinander waren. Das war runde fünfzehn Jahre her. Die Heidi, jetzt siebzehn, war zwar noch immer hübsch, blond und blauäugig, aber sonst hatte sie, wie wir wissen, der Familie einiges Kopfzerbrechen bereitet.

Andrea war sehr ernst, still, hatte haselnußbraunes Haar und graue Augen. Sie war sehr schlank, großgewachsen, und vor allem war sie sehr klug. Sie ging aufs Gymnasium, und der Traum ihres Lebens war es, das Abitur zu machen.

Alois Buschl ging inzwischen auf die sechzig zu, war ziemlich dick geworden, das kam vom Sitzen und vom vielen Bier, er war meist mürrisch und schlecht gelaunt, und er hatte verschiedene Prinzipien, von denen einige ganz gut, andere jedoch töricht und veraltet waren. Es fiel den Mädchen nicht immer leicht, mit ihm auszukommen. Heidi lebte seit längerer Zeit im Kriegszustand mit ihrem Vater, Andrea ging ihm aus dem Weg, soweit das möglich war.

Und Fina hatte Sorgen und erwartete nichts mehr

vom Leben. Viel Glück, wie schon berichtet, hatte sie nicht gehabt. Nur etwas gab es, was sie glücklich machte: ihre Tochter Andrea.

Heidi faßt einen Entschluß

Nun also der neue Kummer mit Heidi. An jenem Tag Anfang April, als Heidi aus dem Damensalon Strettinger hinausgeflogen war, herrschte naturgemäß eine gedrückte Stimmung im Hause Buschl.

Fina hatte im Laden mehr zu tun als sonst. Wie sie zu Recht vermutete, kamen manche Leute nur aus Neugier, weil sie inzwischen von Heidis Untat erfahren hatten und sehen wollten, was Fina für ein Gesicht machte. Doch Fina ging auf Anspielungen nicht ein, und wenn man sie direkt auf das Malheur ansprach wie die Frau Obermeier aus der Nummer 12, die keine Spur von Taktgefühl besaß – »Mei, Frau Buschl, ist es denn wahr, was ich da gehört hab'? Was machen S' denn jetzt mit der Heidi?« – da antwortete Fina kühl: »Ich möchte jetzt nicht darüber sprechen.« Worauf Frau Obermeier ihrer Nachbarin empört berichtete: »Diese Buschl ist eine ganz eingebildete Person. Die wird schon noch sehen, was ihr passiert mit den Fratzen.«

Hinten in der Wohnung saß Andrea am Küchentisch über ihren Schularbeiten. Sonst war sie dabei allein, und dann ging es ziemlich schnell. Heute war Heidi da und störte sie. Erst redete sie immerzu, bis Andrea sagte: »Bitte, sei still, ich kann sonst nicht arbeiten.«

»Ach, du mit deinen blöden Schularbeiten!«

»Lies doch ein bißchen. Hier, das ist wirklich interessant.« Andrea drückte ihrer Schwester ein Buch in die Hand.

Heidi las nicht gern, und heute hatte sie erst recht keine Lust dazu. Sie stellte das Radio an und pfiff zu den Hits, was auf Andrea nicht gerade konzentrationsfördernd wirkte.

»Warum gehst du nicht in den Laden?« fragte Andrea. »Dann kann Mutter sich hinlegen.«

»Ich in den Laden? Ich denk' nicht dran. Ich bin nicht neugierig darauf, daß sie mich alle anglotzen.«

»Dann geh spazieren. Es ist sehr schönes Wetter.«

Spazierengehen mochte Heidi auch nicht. Sie schämte sich, auf die Straße zu gehen. Und sie hatte Angst. Angst vor der Polizei, die vermutlich gleich kommen würde, um sie abzuholen. Halb und halb hoffte sie es sogar. Noch mehr Angst als vor der Polizei hatte sie vor ihrem Vater.

Sie konnte sich ziemlich gut ausmalen, was passieren würde, wenn Alois Buschl die Geschichte erfuhr. Er hatte sie schon manchmal geschlagen, meist dann, wenn sie zu spät nach Hause kam, wenn sie sich herumtrieb, wie er es nannte. Denn Herr Buschl war kein moderner Vater. Seiner Ansicht nach hatte ein junges Mädchen am Abend daheim zu sein, und ausgehen durfte Heidi nur, wenn er es erlaubte, und auch dann mußte sie um zehn Uhr da sein.

Das paßte Heidi ganz und gar nicht, und mit der Zeit hatte sie eine eigene Methode entwickelt, wie sie ihren Vater täuschen konnte. Meist ging Alois Buschl nicht sehr spät ins Bett, er mußte ja früh aufstehen, und so kam er gewöhnlich gegen halb zehn vom Babinger-Eck nach Hause. Reichlich voll Bier und schön müde. Kaum lag er im Bett, schlief er schon.

Dann schlich sich Heidi, die Schuhe in der Hand, aus der Wohnung. Nicht jeden Tag natürlich, sie mußte ja auch früh aufstehen. Aber so zwei- oder dreimal in der Woche kam das schon vor... Alois Buschl hätte sie erschlagen, wenn er es gewußt hätte. Aber er merkte nie etwas.

Andrea wußte es natürlich, denn die beiden Mädchen schliefen im gleichen kleinen, dunklen Hofzimmer. Aber sie hatte es aufgegeben, etwas dazu zu sagen, sie bekam von Heidi doch nur eine dumme Antwort. Daß Andrea sie nicht verpetzen würde, wußte Heidi.

Auch Fina hörte es, wenn das Mädchen davonschlich. Sie konnte oft lange nicht einschlafen. Einige Male hatte sie Heidi Vorhaltungen gemacht, auch versucht, es ihr zu verbieten. Aber es machte auf Heidi keinen Eindruck. Natürlich hätte es Fina ihrem Mann sagen können, doch sie wußte, was sie damit heraufbeschwor, und unterließ es. So kam Heidi zu ihrem schlechten Ruf in der Babingerstraße, denn der eine oder andere sah sie doch. Und die Babinger wußten auch, was Heidi unternahm. Lieber Himmel, es war weiter nichts Schlimmes. Sie traf ihre

Freunde, eine Clique junger Leute, sie gingen in die Diskothek Jimmy oder strolchten auf der Leopoldstraße herum. Sie taten, was viele junge Leute taten, manche mit, manche ohne Erlaubnis der Eltern. Jetzt war Heidi siebzehn, sie hätte wissen müssen, was sie tat. Schon mit fünfzehn war sie auf diese Weise aus dem Haus geschlichen. Und das war zweifellos zu früh gewesen.

Erst kürzlich, als sie einmal besonders spät nach Hause gekommen war, hatte Andrea ihr am nächsten Morgen gesagt: »Wenn er dich einmal erwischt, schlägt er dich grün und blau.«

»Wenn er mich anrührt, kratze ich ihm die Augen aus«, hatte Heidi gefaucht.

Aber das waren kleine Fische gegen das, was nun geschehen war. Man bezichtigte sie des Diebstahls. Und Heidi wußte selbst gut genug, daß Frau Strettinger ihr nicht unrecht tat. Sie hatte gestohlen. Nicht viel – manchmal ein paar Mark aus den Manteltaschen, hier und da, nicht oft und immer mit Bedacht; sie räumte die Taschen nie ganz aus. Im Laden mal einen Lippenstift, ein Fläschchen Nagellack, ein Haarspray, Dinge, die sie für sich selbst brauchte.

Auch das tat sie in Abständen und mit Maßen, so daß es gar nicht auffallen konnte. Sie wußte auch, daß ihr nicht viel passieren würde. Kein Mensch würde sie deswegen anklagen. Auf dem Polizeirevier würde man sie verwarnen, sie würde mit unschuldsvollem Augenaufschlag die Beamten einfach anlächeln, und damit hatte es sich.

Gefährlich war nur, was ihr Vater sagen würde. Denn obwohl Alois Buschl mal ein Glas Bier zuviel trank, so war er doch ein höchst ehrenwerter Mann. Er hatte, wie schon erwähnt, seine Prinzipien: Anstand, Moral, Ehrlichkeit, Fleiß – das waren Dinge, die er schätzte, wogegen ja auch nichts einzuwenden war.

Je weiter der Nachmittag voranschritt, um so nervöser wurde Heidi. Ihr Vater kam meist gegen fünf nach Hause; machte er eine Zwischenstation im Babinger-Eck, konnte es sechs werden. Er war immer ganz gemütlich beim Heimkommen, zog die Filzpantoffeln an und schaltete den Fernseher ein; dann sperrte Fina den Laden zu, und sie aßen Abendbrot. Vielleicht, wenn ihm keiner was sagte...? dachte Heidi hoffnungsvoll. Polizei war noch nicht gekommen. Das war auch heute nicht mehr zu erwarten. Die hatten schließlich Wichtigeres zu tun auf dem Revier. Vielleicht kamen sie gar nicht, sondern schickten einen Brief, und sie wurde vorgeladen. Dann brauchte der Vater es nicht einmal zu erfahren. Würde die Mutter schweigen? Das war das Problem. Schließlich handelte es sich ja auch darum, daß sie aus der Stelle geflogen war. Konnte man nicht eine neue finden und dem Vater nachher sagen, daß... Na, irgend etwas eben. Irgendein Grund, warum sie nicht bei Frau Strettinger bleiben konnte, würde sich schon finden lassen. Da war so ein ganz schicker neuer Friseurladen in der Leopoldstraße. Vielleicht nahmen die sie? So wurde Heidi im Verlauf des Nachmittags zwischen Angst und Hoffnung hin- und hergerissen.

»Meinst du, sie wird es ihm sagen?« fragte sie zwischendurch einmal.

Andrea, die gerade an einer französischen Übersetzung saß, hob den Kopf. »Was?« fragte sie verwirrt.

»Na, ob sie ihm sagen wird, was da heute los war bei der Strettinger?«

Andrea hob die Schultern. »Weiß ich nicht. Muß sie ja wohl.«

»Muß sie gar nicht. Paß mal auf –«, und Heidi entwickelte ihren Plan: Brief vom Polizeirevier, ihr Besuch dort, wobei sie sich zerknirscht gab und Besserung gelobte, dann eine neue Stelle in einem viel schöneren Friseursalon, als es der poplige Laden von der Strettinger war.

»Ja, wenn sie dich jetzt noch nehmen.«

»Das brauchen sie doch nicht zu erfahren. Das darf die Strettinger gar nicht verbreiten.«

»Muß sie dir nicht ein Zeugnis schreiben?«

»Da braucht sie das ja nicht hineinzuschreiben.«

»Nein, sie braucht nicht. Aber sie kann, wenn sie will.«

»Da muß Mutter eben mit ihr sprechen. Und die Polizei kann mir gar nichts tun. Schließlich können sie mich wegen eines Lippenstifts nicht einsperren.«

»Sprich doch mal mit Mutter.«

Heidi guckte vorsichtig durch den Türspalt in den Laden, aber da befanden sich gerade drei Kunden. Drei Stück auf einmal, es war geradezu ein Boom. Heidi grinste. Sie kannte ihre Babinger.

»Meine Verbrechen wirken sehr anregend auf den Geschäftsgang«, berichtete sie.

»Sehr komisch finde ich das alles gerade nicht«, meinte Andrea vorwurfsvoll.

»Nein, du trübe Flasche. Was findest du auch schon komisch?«

Andrea schwieg und widmete sich ihrer Übersetzung. Heidis Stimmung hatte sich gebessert. Alles halb so schlimm. Sie zündete sich eine Zigarette an, drückte sich in den alten Ohrensessel ihres Vaters und nahm sich nun doch das von Andrea empfohlene Buch vor. Weit kam sie damit nicht. War eine ziemlich öde Angelegenheit, fand sie.

Weitaus interessanter war es, vor sich hinzuträumen. Der Schreck vom Vormittag verblaßte immer mehr. Fast war sie sicher, daß es gelingen würde, den Vater aus der Sache herauszuhalten, fast sicher auch, daß die Mutter nichts sagen würde. Die war doch froh, wenn es keinen Krach gab. Sonst bekam sie bloß wieder einen Herzanfall. Das mußte sie ihr klarmachen, gleich nachher. Kleine Fische. Ein alberner Lippenstift. Die paar Zehnerl mal. Carlo würde sie damit geradezu imponieren. Der machte

ganz andere Sachen. Dinger drehte der, wie er das nannte. »Heut' hab' ich 'n Ding gedreht«, sagte er beispielsweise, »heut' laß ich was springen.«
Carlo war der Held in der Diskothek. Alle Mädchen waren verrückt nach ihm. Und den hatte sie sich jetzt geangelt, jawohl, sie, die Heidi.
Doch dann kam Elfie. Elfriede Merz, aus der Nummer 9, Heidis beste Freundin. Kurz nach fünf steckte sie den Kopf zur Tür herein und sagte: »Da bist du ja!«
»Hei!« machte Heidi. »Komm rein!«
»Macht 'n ihr hier?«
»Nix.«
Andrea hob irritiert den Kopf und runzelte die Stirn.
»Du hast's gut«, sagte Elfie und setzte sich auf die Ecke vom Tisch, gerade auf Andreas Französischbuch.
»Du machst blau, was?«
»Siehste ja.«
»Ist ja 'n dolles Ding mit dir. Mensch, Heidi!«
»Was denkst du, was ich mir da draus mache? Einen Dreck.«
»Ha, ich weiß ja nicht...«

»Ich bin froh, wenn ich da nicht mehr rüber muß.«
»Die Strettinger ist vielleicht sauer.«
»Die wird sich wieder beruhigen.«
»Könnt ihr euch nicht woanders unterhalten?« fragte Andrea.
»Die Frau Oberlehrer mosert. Wie immer.«
»Ich habe zu arbeiten.«
»Schularbeiten!« sagte Heidi naserümpfend.
»Will die eigentlich Professor werden?« fragte Elfi verächtlich.
Andrea lehnte sich resigniert zurück. Sie konnte Elfi nicht leiden. Das war schon immer so gewesen.
»Daß sie dich noch nicht abgeholt haben!« sagte Elfi.
»Mich abgeholt? Wer soll mich denn abholen?«
»Na, die Bullen.«
»Du spinnst wohl. Die kümmern sich da einen Schmarrn drum.«
»Wär' ich nicht so sicher an deiner Stelle. Die Strettinger will jetzt doch Anzeige erstatten.«
»Wer sagt 'n das?«
»Sie selber. Mutter hat sich heute nachmittag die Haare schneiden lassen, da hat sie alles gehört.«

»Ich kurble überall den Geschäftsgang an«, meinte Heidi. Aber nicht mehr ganz so munter wie zuvor.

»Was hat sie denn gesagt?«

»Sie hat gesagt, eigentlich wollte sie dich nicht anzeigen. Die Tante, die hier bei euch im Haus wohnt, die Anschütz, die war ja heute dabei, und die hat zu ihr gesagt, sie soll nicht zur Polizei gehen, sie soll dir 'ne Chance geben.« Elfi grinste. »Verständnis für so arme mißgeleitete Jugendliche, nicht? Und das hat die Strettinger auch eingesehen. Aber dann ist das rausgekommen mit den Schlüsseln. Und nu kennt die keinen Bahnhof mehr.«

»Was für Schlüssel?«

»Na, daß du auch Schlüssel geklaut hast.«

»Ich hab' keine Schlüssel geklaut.«

»Haste nicht? Oder haste doch? Die Frau Moser war heute bei der Strettinger, die vom Elektroladen. Und die hat gesagt, gestern waren ihre Schlüssel weg. Aus der Manteltasche. Was sagste nu?«

»Das ist doch Blödsinn!« rief Heidi zornig. »Ich hab' niemand die Schlüssel weggenommen.«

»Mußt du erst mal beweisen.«

»Dann hat die dumme Kuh sie eben verloren.«

»Sie hat gesagt, als sie vom Friseur nach Hause kam, waren die Schlüssel weg. Erst hat sie es nicht gemerkt, weil sie ja durch den Laden gegangen ist. Aber abends hat sie dann gemerkt, daß die Schlüssel weg sind. Die vom Laden und die von der Wohnung. Sie hat überall gesucht. Und nun, sagte sie, weiß sie, wo sie geblieben sind. Du hast sie ihr geklaut.«

»So eine Gemeinheit!« schrie Heidi, sprang auf und schleuderte Andreas Buch auf den Boden.

»Ja«, sagte Elfie befriedigt. »Mach was dagegen.«

Andrea blickte sorgenvoll auf Heidi: »Hast du die Schlüssel genommen, Heidi?«

»Ach, laß mich doch in Ruhe, du blöde Gans! Das sieht dir ähnlich, daß du dich aufspielst.«

»Und nun, sagte Frau Strettinger«, fuhr Elfie fort, »muß sie doch Anzeige erstatten. Denn wenn du die Schlüssel hast, kann es einen Einbruch geben. Du hast ja so komischen Umgang, sagt sie. Ja, hat die Frau Moser gesagt, das könne man wohl sagen. Sie hätte dich schon selbst mit so einem Gangster zusammen gesehen. Damit meint sie Carlo.«

»Die können mich alle mal«, knurrte Heidi. Aber das Leben sah auf einmal viel düsterer aus.

»Natürlich müssen sie jetzt lauter neue Schlösser und neue Schlüssel haben, sagte die Frau Moser, und das muß die Strettinger bezahlen. Noch heute abend muß der Schlosser kommen, weil man ja sonst nicht mehr ruhig schlafen kann. Und wer weiß, wem du noch alles die Schlüssel gestohlen hast.«

»So? Und wer hat denn angeblich noch seine Schlüssel verloren?«

»Weiß ich nicht. Aber man kann ja auch Abdrücke machen von Schlüsseln, nicht? Du kannst sie aus der Tasche nehmen, Carlo macht die Abdrücke, und dann steckst du die Schlüssel wieder in die Tasche zurück. Und dann kann dein Carlo lustig einbrechen.«

»Du siehst zuviel Krimis.«

»Das hat die Moser gesagt. Aber nun weißt du, was dir blüht. Wenn jetzt irgendwo eingebrochen wird, bist du schuld. Jeder wird sagen, daß du es warst. Du und Carlo.«

Heidi schwieg. Alles war viel schlimmer, als sie gedacht hatte. Ein paar Lippenstifte, mal ein paar Mark aus der Manteltasche. Aber das mit den Schlüsseln...

Sie hatte keine Schlüssel gestohlen. Niemals. Aber wer würde ihr das glauben?

»Ich habe keine Schlüssel genommen«, flüsterte sie.

»Das glaubt dir jetzt keiner mehr«, sagte Elfie schadenfroh. »Wenn einer mal geklaut hat, dann denkt jeder – wenn irgendwo was fehlt – der war es.«

»Heidi!« sagte Andrea eindringlich. »Bitte! Du mußt jetzt die Wahrheit sagen. Hast du Schlüssel genommen?«

»Nein, zum Teufel. Ich habe keine Schlüssel angerührt.«

»Dann mußt du rübergehen zu Frau Strettinger und ihr das sagen. Ehe sie zur Polizei geht.«

»Ich denke nicht daran.«

»Du mußt, Heidi. Sonst wird es schlimm. Und du mußt sagen, du wirst alles ersetzen, was du gestohlen hast. Die Lippenstifte oder was es sonst war. Du darfst es nicht darauf ankommen lassen. Ich hab' was gespart von meinem Taschengeld, ich helfe dir.«

»Ach, verdammt!« Heidi sank auf den Sessel zurück und stützte den Kopf in die Hände.

»Ja«, meine Elfie lässig, »das sind so Geschichten. Wenn man erst damit anfängt... Habt ihr mal eine Zigarette für mich? Danke. Der Fehler war eben, daß du mit dem Carlo was angefangen hast. Heinz ist ein viel netterer Junge. Und der war ehrlich verknallt in dich. Was der Carlo für einer ist, das weiß doch jeder.«
»Auf einmal? Du hast dir fast die Beine ausgerissen wegen Carlo.«
»Ja. Bis ich erfahren habe, daß er schon gesessen hat. Damit will ich nichts zu tun haben.«
Andrea war jetzt auch wütend. Sie stieß Elfie von der Tischkante herunter und klappte mit einem Knall ihr Buch zu. »Wer ist eigentlich dieser Carlo?«
»Den kennst du doch nicht«, meinte Elfie und nahm einen tiefen Zug aus der Zigarette.
»Wenn ich ihn kennen würde, dann würde ich nicht fragen. Wer ist das? Und was hat Heidi mit ihm zu tun?«
»Heidi geht mit ihm. Seit ein paar Wochen schon. Sie hat sich richtig an ihn rangeschmissen, das haben wir alle gesehen.«
Heidi sprang auf. »Du gemeines Biest!« schrie sie.

»Das ist wohl keine Frage, wer sich rangeschmissen hat. Du bist ihm nachgelaufen, wenn du ihn nur aus der Ferne gesehen hast. Bloß, daß er sich aus dir nichts macht.«

Die Freundinnen starrten sich erbittert an. Fina öffnete die Tür vom Laden und mahnte: »Pst! Seid nicht so laut, es sind Kunden im Laden.« Sie warf einen besorgten Blick auf Heidis wutglühendes Gesicht. »Kinder... bitte!«

»Laß nur, Mutter«, sagte Andrea ruhig. »Ich kümmere mich schon darum.«

»Halt doch bloß dein blödes Maul!« schrie Heidi wütend ihre Schwester an. Fina seufzte und schloß die Tür wieder. Ihr war so elend zumute, das Herz tat ihr weh, und es war so schrecklich, daß nun noch Andrea in das alles hineingezogen wurde.

»Kann sein, daß ich nicht sein Typ bin«, meinte Elfie höhnisch. »Ich eigne mich eben nicht zur Gangsterbraut. Da ist er mit dir schon besser beraten.«

»Hau bloß ab, du!«

»Ich geh' ja schon. Ich wollte dich bloß warnen. Wo das jetzt doch mit den Schlüsseln rausgekommen ist. Servus. Viel Vergnügen heute abend. Ach, was ich noch sagen wollte: dein Vater ist vorn im Babinger-Eck. Da wird er ja wohl alles schon wissen, bis er heimkommt. Also tschüs!«

Elfie verschwand. Heidi saß wieder im Sessel und starrte vor sich hin. Jetzt hatte sie wirklich Angst.

Andrea sagte: »Heidi, du mußt es mir jetzt sagen...«

»Hör bloß auf. Ich habe keine Schlüssel.«

»Aber alle werden denken, daß du sie hast.«

Ja, das würden sie denken. Auch Heidi war das klar. Und nun sah die Geschichte viel gefährlicher aus. Die verschwundenen Schlüssel, ihre Freundschaft mit Carlo, der vorbestraft war, wie Elfie behauptete – jetzt wurde es bitterernst. Keine Rede mehr davon, daß man vor ihrem Vater alles verheimlichen konnte. Er würde sie schlagen, und dann würde man sie vielleicht doch einsperren. Angenommen, es würde irgendwo eingebrochen in den nächsten Tagen, dann war sie dran.

»Heidi, willst du jetzt nicht rübergehen zu Frau Strettinger? Sprich mit ihr. Bitte sie, daß sie keine Anzeige macht. Und sage ihr, daß du die Schlüssel nicht genommen hast.«

Heidi schwieg.

»Bitte, Heidi! Du kannst es doch nicht darauf ankommen lassen. Wenn du wirklich keine Schlüssel hast...«

»Ich habe keine Schlüssel –«

»Oder dieser... dieser Carlo?«

»Carlo hat gar nichts damit zu tun.«

»Dann mußt du mit Frau Strettinger reden. Oder soll ich es tun?«

»Was soll denn das für einen Zweck haben?«

»Du willst vielleicht jetzt nicht rübergehen, solange sie noch Kunden hast. Ich sage ihr, du kommst nachher. Wenn sie zugesperrt hat.«

Heidi überlegte. Ein Gedanke saß ihr schon eine Weile im Kopf. Es war bald sechs. Jeden Moment konnte ihr Vater kommen. »Ja«, sagte sie hastig. »Geh rüber. Ich komme nachher, wenn sie zu hat. Und Andrea... sag ihr, ich habe keine Schlüssel.«

»Gut. Ich bin gleich wieder da.«

»Ich verdrück' mich eine Weile. Wenn Vater kommt...«

Dafür hatte Andrea Verständnis. »Wo willst du denn hin?«

»Ich geh' solange in die Garage.«

»Aber dann gehst du gleich zu Frau Strettinger.«

»Klar.«

Als Andrea draußen war, stürzte Heidi in das kleine Zimmer, das sie mit ihrer Schwester bewohnte. Sie riß die große Tasche aus dem Schrank, die sie immer nahm, wenn sie zum Baden ging, stopfte die Jeans hinein, zwei Pullis, ein Paar Schuhe, dann streifte sie die warme karierte Jacke über.

Was brauchte sie noch? Nachthemd? Zahnbürste? Das fiel nur auf. Wieviel Geld hatte sie? Sie mußte fort. Er würde sie schlagen. Und so, wie es jetzt stand, kam die Polizei sicher noch heute abend. Wie gemein diese Elfie war! Sie hatte sich gefreut, ihr das alles zu sagen. Andrea war anständig. Aber das half alles nichts mehr. Sie mußte fort, hier würde keiner sie mehr wiedersehen. Wohin sie gehen sollte, darüber machte sie sich keine Gedanken. Carlo würde es wissen. Carlo würde ihr helfen.

Als sie die Tür öffnete, die von der Wohnung in den Hof führte, sah sie, wie ihr Vater unter der Toreinfahrt stand, die in den Hof mündete. Er stand da und schwatzte mit Alfred Maurer von der Nummer 14, der war sein besonderer Spezi. Sie trafen sich meist zu ihrem Dämmerschoppen im Babinger-Eck und besprachen die Weltlage.

Heidi ging an der Hauswand entlang in den Hintergrund und dann zur anderen Seite des Hofes, der zur Nummer 5 gehörte. Hier befand sich die Werkstatt von Mechanikermeister Knoll, untergebracht in zwei Garagen. Und hier arbeitete Heinz. Heinz, der ihr Freund gewesen war, ehe sie sich in Carlo verliebte.

Sie schob die große Badetasche hinter die zurückgeschlagene Garagentür und schlenderte in die Garage hinein. Heinz war noch da, er machte Überstunden.

»'n Abend!« sagte Heidi.

Heinz warf ihr einen kurzen Blick zu und brummte etwas. Er hatte Heidis Treulosigkeit noch nicht vergessen. Am liebsten war es ihm, wenn er sie nicht sah.

»Arbeitest du noch?«

»Siehste ja.«

»Du wirst dich noch mal totarbeiten.«

»Bis jetzt hab' ich's überlebt.«

Heidi lehnte sich an die Werkbank und betrachtete Heinz unter halbgesenkten Lidern. Ob er schon was wußte?

»Geht's gut?« fragte sie.

»Geht so.«

»Gibt's was Neues?«

»Ich weiß nichts.«

Nein, Heinz wußte nichts. Er klatschte nicht. Knoll, sein Meister, war auch keiner, der klatschte. Ein schweigsamer, ernster Mann. Er wohnte nicht hier, sondern drei Straßen weiter. Also kam auch seine Frau selten in die Babingerstraße und hatte sicher nichts erfahren.

»Der Alte schon nach Hause?«

»Herr Knoll ist nach Hause gegangen. Ich muß bloß noch was fertigmachen.«

»Haste noch lange zu tun?«

»Weiß ich noch nicht.«

Pause.

»Du bist richtig gräßlich«, sagte Heidi dann leise.

»So. Bin ich das? Kann dir ja wurscht sein.«

»Ist mir auch wurscht.«

»Dann is' ja gut.«

Wieder Pause.

Dann sagte Heidi: »Man kann ja auch gut Freund bleiben, wenn man... wenn man... na ja, wenn es eben anders ist. Ich bin ja auch nicht böse mit dir.«

»Du machst mir Spaß. Warum solltest du denn böse sein mit mir?«

Jetzt war der Vater sicher schon in der Wohnung. Jetzt würde man sie vermissen. Andrea würde sagen, daß sie zu Frau Strettinger gehen wollte. Eine halbe Stunde hatte sie noch Zeit. Solange konnte sie bei Heinz in der Garage bleiben. Es war noch hell. Sie mußte durch die Nummer 5 hinausgehen und dann schnell aus der Babingerstraße verschwinden.

»Kann ich noch 'ne Weile hier sitzen? Oder stört dich das?«

»Ich bin nicht scharf drauf, daß du hier sitzt.«

»Du bist ein richtiges Ekel. Könnte ja sein, ich hätte was mit dir zu besprechen.«

»Interessiert mich nicht.« Jetzt blickte er endlich von seinem Werktisch auf und ihr gerade ins Gesicht. Er hatte blaue Augen, er war blond. Er sah gut aus. Früher hatte sie ihn ganz gern gehabt. Carlo natürlich... Carlo war anders.

»Interessiert mich nicht im geringsten, was du mir zu sagen hast. Ich will von dir nichts mehr wissen.«

»Mensch, du machst ein Theater. Es ist doch mal so im Leben…«

»Was?«

»Na ja, mal tut man dies und mal was anderes. Man kann sich doch mal in jemand verlieben.«

»Du kannst dich verlieben, in wen du willst. Das ist mir schnurzegal. Und jetzt verschwinde hier.«

»Kannst du mir was pumpen?« Das kam sehr rasch. Sie hatte es eigentlich gar nicht sagen wollen.

»Ich?«

»Ja. Ich brauch 'n bißchen Geld. Du kriegst es schon wieder.«

Heinz lachte kurz auf. »Ach, darum bist du gekommen! Sieht dir ähnlich. Kann dir denn dein neuer Amigo nicht unter die Arme greifen? Hat wohl lange keinen Safe mehr geknackt, wie?«

»Du bist gemein.«

»Geschenkt. Was das für einer ist, weiß doch jeder. Zu dem kann man dir nur gratulieren. Wirst schon sehen, was du davon hast. Aber jeder –, wie's zu ihm paßt.«

Heinz zog seine Brieftasche hervor und nahm zwanzig Mark heraus. »Hier. Und nun hau ab!«

»Danke, Heinz.« Heidi trat zu ihm, nahm das Geld aus seiner Hand und spitzte die Lippen, um ihm einen Kuß zu geben.

Heinz wich zurück. »Danke. Kein Bedarf.«

»Na, dann nicht.« Sie steckte das Geld ein. »Du kriegst es bestimmt wieder. Ade!«

Unter der Garagentür blieb sie stehen, spähte hinüber zu den beiden vergitterten Fenstern ihrer Küche. Dort war keiner zu sehen. Die Tür war geschlossen.

Sie zog die Tasche hinter der Garagentür hervor und huschte in die Toreinfahrt von Nummer 5. Entschlossen trat sie auf die Straße hinaus. Es war immer noch hell. Sie schritt, den Kopf gesenkt, dicht an den drei Häusern der Babingerstraße entlang und bog dann um die Ecke.

Sie atmete auf. Keiner würde sie je wiedersehen in der Babingerstraße. Soviel war sicher.

Der Abend des ersten Tages

Es fiel Andrea nicht leicht, über die Straße zu gehen und den Friseursalon Strettinger zu betreten. Frau Strettinger, die gerade an der Kasse war, fragte unfreundlich: »Was willst du denn?«

»Ich wollte Sie bitte nur mal kurz sprechen.«

»Ich habe jetzt keine Zeit, das siehst du ja.«

So kurz vor Geschäftsschluß war der Laden voll. Andrea sah es. Frau Strettinger und die beiden Friseusen hatten alle Hände voll zu tun.

»Dann warte ich eben«, sagte Andrea.

Frau Strettinger blickte sie wütend an, verabschiedete dann höflich die Kundin, die gerade bezahlt hatte. Die Kundin war eine Fremde. Andrea kannte sie nicht, und sie nahm weiter keine Notiz von Andrea, also endlich mal ein Mensch, der von nichts wußte.

Man sollte nicht meinen, daß man sich in einer Großstadt befindet, dachte Andrea, als sie im Vorraum wartete. Es ist wie in einem Dorf, jeder kennt jeden.

Eigentlich ist das gräßlich. Ob Frau Strettinger sich herabließ, mit ihr zu sprechen?
Es war warm hier drinnen, das Rauschen der Föhne ertönte, Stimmengemurmel; es roch ganz gut, aber Andrea kam sich vor wie vor Gericht. Einmal erschien Anni unter dem Türbogen, der in den eigentlichen Salon führte, betrachtete Andrea abschätzend und warf dann einen übertrieben besorgten Blick auf die Mäntel, die an der Garderobe hingen, und auf die Glasscheiben, hinter denen sich die Kosmetikartikel befanden.
Das machte Andrea zornig. Was fiel der denn ein? Dachte die vielleicht, daß sie denen ihr blödes Haarwasser ausräumen würde? Und ebenfalls in die Manteltaschen griffe? So war das also. Weil Heidi geklaut hatte, verdächtigte man sie gleich mit. Menschen waren wirklich abscheulich. Am liebsten wäre Andrea fortgegangen. Sollte Heidi sich doch selber mit ihrer verflossenen Chefin auseinandersetzen. Aber dann legte Andrea trotzig den Kopf in den Nacken. Nun würde sie gerade hierbleiben. Sie hatte es Heidi versprochen. Und es sollte einer wagen, sie dumm anzureden; dann konnte er was erleben.

Sie versuchte sich abzulenken und betrachtete die Waren in den Vitrinen. Shampoo, Haarspray, Gel, Kurbehandlungen für fettes, trockenes, schuppiges Haar, für angegriffenes oder sprödes Haar; sie las die verschiedenen Werbesprüche auf den Flaschen und Dosen.

Das war schließlich auch Chemie. Und zwar ein wichtiger Zweig. Ein Heer von Chemikern war damit beschäftigt, den Frauen schönes Haar zu verschaffen. Schöne Haut, strahlende Augen, weiche Lippen, ewige Jugend – das alles konnte man kaufen, wenn man der Werbung Glauben schenkte.

Damit war sie wieder bei ihrem Lieblingsgedanken. Wenn ich Chemie studiere, dann... Immer wieder sah sie sich im weißen Kittel in einem Laboratorium stehen. Versuche machen, Untersuchungen anstellen, vielleicht sogar einmal etwas Neues erfinden. Etwas ganz Großes, ganz Wichtiges. An Kosmetik und Haarpflege hatte sie bisher nicht gedacht. Eigentlich mehr an Lebensmittelchemie. Oder Biochemie. Es gab ja so unendlich viel auf diesem Gebiet, was man tun konnte.

Manchmal, wenn Tommy in Schwung geriet, redete

er davon mit einer Begeisterung, als handle es sich um die größten Wunder dieser Welt. Und genauso begeistert hörte Andrea zu. Die anderen in der Klasse natürlich nicht, die reagierten zwischen höflich und gelangweilt.

»Es ist nur hübsch zu sehen, wie Tommy sich hochstilisiert«, sagte die freche Uschi. »Ein Temperament hat dieser Mann. Er ist einfach hinreißend.«

Als Frau Strettinger die nächste Kundin verabschiedete, sagte sie ungeduldig zu Andrea: »Du bist ja immer noch da.«

Andrea blickte sie nur an.

»Also, was willst du?«

»Ich wollte Sie bitten, einen Moment zu warten, wenn Sie hier fertig sind. Heidi möchte Sie gern sprechen.«

»Du bist wohl nicht bei Trost. Ich habe mit deiner Schwester nichts mehr zu besprechen.«

»Bitte. Frau Strettinger, wir haben das inzwischen erfahren mit den Schlüsseln. Heidi hat keine Schlüssel genommen.«

»Woher willst du denn das wissen?«

»Sie hat es gesagt. Und ich glaube es ihr auch. Daß

sie vielleicht sonst mal... Wir werden es ersetzen. Aber mit den Schlüsseln, das ist nicht wahr.«

»Ich werde dir mal was sagen, Andrea. Ich weiß es nicht, und du weißt es auch nicht. Heidi hat immer gelogen, das wird dir ja bekannt sein. Und wenn jetzt also Schlüssel verschwunden sind und meine Kunden Angst haben, daß bei ihnen eingebrochen werden kann, und ich muß das dann ersetzen, dann sage mir bitte, was ich tun soll. Hm? Du bist schon ein ganz vernünftiges Mädchen. Ich kann das doch nicht einfach hinnehmen und tun, als ob nichts wäre. Das mußt du doch einsehen. So harmlos ist die Sache nun wirklich nicht mehr. Heidi hat sich selbst zuzuschreiben, was jetzt passiert. Wenn man erst einmal stiehlt, und sei es nur eine Kleinigkeit, dann wird man immer wieder verdächtigt. Und das mit den Schlüsseln ist keine Kleinigkeit.«

»Das sehe ich ja ein. Aber, Frau Strettinger, sprechen Sie doch wenigstens mit ihr. Sie kommt dann herüber, wenn Ihre Kunden alle weg sind.«

»Na gut. Ich weiß zwar nicht, was das soll... Aber bitte sehr, soll sie halt kommen!«

»Danke, Frau Strettinger«, sagte Andrea, verließ er-

leichtert den Laden, ging über die Straße und hinten über den Hof in die Wohnung.
Ihr Vater, der nicht ihr Vater war, hatte es sich inzwischen auf dem Sofa hinter dem Küchentisch bequem gemacht mit einer Zeitung.
»Kannst du nicht deinen Schulkram forträumen, ehe ich heimkomme?« knurrte er sie an. »Du hast doch den ganzen Nachmittag Zeit.«
»Entschuldige.« Andrea packte ihre Bücher zusammen und verzog sich damit in die Schlafkammer. Heidi war nicht da. Hoffentlich ging sie dann auch wirklich gleich zu Frau Strettinger. Andrea spähte hinaus in den Hof, es war jetzt dunkel. Sie konnte nichts mehr sehen, nur drüben auf der anderen Hofseite in der Werkstätte von Herrn Knoll war noch Licht. Ob Heidi bei Heinz gelandet war? Sicher nicht. Da ging sie nicht mehr hin.

Frau Strettinger wartete umsonst auf Heidi, was ihre Stimmung nicht verbesserte. Statt um sieben verließ sie das Geschäft an diesem Tag erst um halb acht. Sie erwog kurz, noch bei Frau Buschl vorbeizugehen, aber dann ließ sie es bleiben. Morgen würde sie Anzeige erstatten. Heute war es zu spät. Und sie war müde. Ein Tag im Geschäft, immer auf den Beinen, das war genug.

Bei Buschls warteten sie ebenso vergeblich auf Heidi beim Abendessen. Meistens wurde gleich gegessen, wenn Fina den Laden zugesperrt hatte, was oft erst Viertel vor sieben der Fall war. Es kamen manchmal späte Kunden, die etwas vergessen hatten. Das wiederum bekamen sie bei der Fina. Denn der feine Selbstbedienungsladen von Herrn Breuer schloß Punkt halb sieben, eher eine halbe Minute früher.

Alois Buschl saß mit drohender Miene vor dem gedeckten Abendbrottisch. Viertel nach sieben. Er legte Wert darauf, daß die Mädchen beim Abendessen anwesend waren. Es mußten schon überzeugende Gründe vorliegen, wenn sie die Erlaubnis bekamen, fortzugehen. Meist war Herr Buschl beim Abendessen auch ganz umgänglich. Die Tagesarbeit hatte er hinter sich, die erste Halbe im Babinger-Eck auch, die Aussicht auf zwei oder drei weitere und eine Partie Schafkopf vor sich. Das hob seine Laune.

»Und wo bleibt nachher das gnädige Fräulein?« erkundigte er sich, als Heidi nicht erschien.

Fina und ihre Tochter tauschten einen kurzen Blick. Andrea hatte der Mutter kurz zuvor zugeflüstert, daß Heidi mit Frau Strettinger sprechen wolle.
»Sie ist noch drüben bei ihrer Chefin«, sagte Andrea.
»Jetzt noch?«
»Es gibt was zu besprechen.«
»So. Dann fangen wir halt an.«
Es gab Bratkartoffeln mit Sülze, ein Lieblingsessen von Herrn Buschl. Also wurde er zunächst ganz friedlich und speiste mit Appetit.
Auch Fina und Andrea waren zufrieden. Wenn Frau Strettinger so lange mit Heidi sprach, konnte man das wohl als gutes Zeichen werten.
Schließlich war Alois Buschl gesättigt, rülpste kurz und dezent und erhob sich.
»Bis nachher«, sagte er. »Ich geh' noch mal ein Stück.« Als er auf die Straße trat, stellte er fest, daß der Laden von Frau Strettinger dunkel war. Das erweckte sein Mißtrauen. Er ging über die Straße und sah, daß das Gitter heruntergelassen war. Man hatte ihn also beschwindelt. Na, die würden etwas zu hören bekommen.

Aber zunächst beschloß er, sich die Laune nicht verderben zu lassen, und ging zum Babinger-Eck.
Auch Andrea, von Fina zum Nachschauen geschickt, kam mit der gleichen Beobachtung zurück.
»Sie ist nicht mehr drüben«, sagte Andrea.
Und Fina sagte ahnungsvoll: »Wenn sie überhaupt dort war.«

Nun heißt es zwar immer, Frauen klatschen, Männer klatschen nicht. Wobei es sich um eins der althergebrachten Vorurteile handelt, die nicht auszurotten sind, obwohl jeder weiß, daß sie nicht stimmen. So erfuhr also Alois Buschl recht bald, bei seiner ersten Halben Bier, was an diesem Tag vorgefallen war.
Worauf er wutschnaubend und früher als sonst heimkehrte und den beiden vorhandenen Familienmitgliedern lautstark erklärte, was er von ihnen halte und was er mit seiner Tochter machen werde, wenn sie ihm unter die Augen trete. Aber den Gefallen tat Heidi ihm nicht. Sie war um neun nicht da, um zehn nicht da. Um halb elf hatte Fina ihren nächsten Herzanfall.
Andrea verlor nun auch die Nerven, schrie den Vater

an, er solle endlich Ruhe geben, das Geschrei nütze doch nichts, worauf Herr Buschl ihre eine Watschen androhte.

Andrea sagte leise, mit schmalen Augen: »Das trau dich!«

Herr Buschl traute sich nicht, er ging statt dessen ins Bett, nachdem er die Kette vorgelegt hatte. Andrea machte die Kette wieder los, als er eingeschlafen war. Aber sie war ziemlich sicher, daß Heidi nicht nach Hause kommen würde, nicht freiwillig.

Sie gab Fina zwei Beruhigungstabletten, wartete, bis sie eingeschlafen war, und schlüpfte dann leise aus der Wohnung. Sie wollte Heidi suchen.

Andreas nächtliche Erlebnisse

Kaum stand Andrea auf der nächtlich stillen Babingerstraße, da bereute sie ihr Vorhaben. Das war doch wohl eine ziemlich lächerliche Idee von ihr gewesen, die Heidi nachts in Schwabing zu suchen. Wo sollte sie bloß nach ihr suchen? Sie hatte wirklich keine Ahnung.

Im Gegensatz zu Heidi ging Andrea ja abends so gut wie nie aus, kannte die Lokale nicht, kannte natürlich Heidis Freunde nicht. Aber umkehren wollte sie auch nicht. Jetzt würde sie es auf jeden Fall versuchen; vielleicht hatte sie Glück. Immerhin wußte sie, wo sich die Diskothek Jimmy befand, in einer Nebenstraße der Leopoldstraße, und dort sollte ja Heidi angeblich oft zu finden sein.

Genau wie Heidi vor einigen Stunden verließ Andrea mit schnellen Schritten die Babingerstraße und atmete auf, als sie um die Ecke gebogen war. Doch als sie dann vor der Diskothek stand, zögerte sie. Drin war sie noch nie gewesen. Ein paar Typen lungerten an der Tür herum, beachteten sie aber nicht weiter.

Ach was – was war schon dabei, mal hineinzuschauen? Sicher war Heidi da, und Andrea zweifelte nicht, daß es ihr gelingen würde, sie zum Heimgehen zu bewegen. Heidi war ja gar nicht so, wie sie immer tat. Große Klappe, ja. Aber im Grunde war sie ein gutmütiges Mädchen. Bei Jimmy war es dunkel und laut. Die Anlage dröhnte und jaulte; hier konnte kein Mensch sein eigenes Wort verstehen. Ein paar junge Leute bewegten sich mit abwesender Miene auf der winzigen Tanzfläche. Die anderen saßen an Holztischen, wieder andere an der Bar im Hintergrund. Andrea blieb an der Tür stehen und versuchte, Heidis blonden Schopf im Dunkel zu entdekken. Aber es waren mehrere langmähnige Blondinen da, sie mußte nähertreten – es half nichts.

»Nanu! Wen haben wir denn da?« sagte plötzlich jemand hinter ihr.

Sie wandte sich erschreckt um. Da stand ein junger Mann, groß und schlaksig, die Hände in den Taschen der Jeans, und betrachtete sie interessiert.

»Was machst du denn hier?« fragte er.

Andrea kannte ihn. Es war der Sohn von der Konkurrenz. Der Sohn vom Selbstbedienungsladen Breuer. Sie kannte ihn nur vom Sehen; sie hatte bisher noch nie mit ihm gesprochen. Aber sie wußte, daß die Mädchen sehr von ihm angetan waren. So zum Beispiel Elfie, Heidis Freundin. Allerdings erfolglos – das wußte Andrea auch.

»Das ist ein eingebildeter Pinsel«, hatte Elfie gesagt. »Denkt, daß er etwas Besonderes ist.«

»Ich suche Heidi, meine Schwester«, erwiderte Andrea kurz. »Ist sie hier?«
»Daß du dich hertraust«, sagte der junge Breuer gedehnt, es klang wirklich eingebildet, »so ein Musterkind wie du.«
Sein überheblicher Ton ärgerte Andrea.
»Wer sagt denn, daß ich ein Musterkind bin?«
»Alle sagen es. Heidi zum Beispiel. Und Verena Kießling hat erst neulich erzählt, daß du die Beste in deiner Klasse bist. Einsame Spitze, hat sie gesagt.«
»Verena muß es ja wissen«, meinte Andrea und schenkte es sich, hinzuzufügen, daß nicht viel dazu gehörte, in Verenas Augen Spitze zu sein; denn die war der Dümmsten und Faulsten eine. Sie ging in Andreas Klassc, wohnte ebenfalls in der Babingerstraße und hatte schon öfter damit angegeben, daß der Breuer Junior mächtig in sie verknallt sei.
Andrea versuchte immer noch ihre Schwester in dem Gewirr zu erkennen. »Hast du Heidi gesehen?«
»Nö, ich komme ja erst gerade. Aber wenn ich sie gesehen hätte, würde ich es dir nicht sagen.«
Andrea blickte ihn ärgerlich an. Er grinste.
»Warum nicht?« fragte sie.

»Weil eine kleine Schwester nicht immer zu wissen braucht, was eine große Schwester tut.«

»Blas dich nur nicht so auf«, sagte Andrea verächtlich. »Heidi ist gerade ein knappes Jahr älter als ich.«

»Die Zahl der Jahre macht es nicht allein«, sagte Breuer und grinste noch mehr. »Am besten fragst du mal Carlo, das ist der große Schwarze da hinten an der Bar.«

Sie gingen durch das Gedränge auf die Bar zu, und Andrea blickte voll Abneigung auf Carlos breiten Rücken. Elfie behauptete, er sei ein Gangster. Er saß auf einem Hocker, redete laut und hatte den Arm um die Schulter eines Mädchens gelegt. Es war nicht Heidi. Andrea blieb stehen.

»Warum denkst du, daß Carlo es weiß?«

»Carlo weiß so ziemlich alles. Besonders was deine Schwester betrifft.«

»Kannst du ihn nicht fragen?«

»Wie bitte?«

Dieter Breuer schaute verblüfft in das schmale, ernste Gesicht, in die klaren grauen Augen Andreas. So etwas wie ein Beschützerinstinkt wurde in ihm

wach. Es kam ihm vor, als sei es wirklich besser, wenn Andrea nicht mit Carlo spräche.
»Ich kenne den doch nicht«, sagte Andrea.
»Da hast du nichts verpaßt. Also – gut, ich werde ihn fragen. Was soll ich ihn fragen?«
»Ob er weiß, wo Heidi ist.«
»Worauf er mir eine dumme Antwort geben wird, das kann ich dir jetzt schon sagen.«
Ein Pärchen kam vorbei und rempelte sie an.
Dieter Breuer legte seine Hand um Andreas Arm und führte sie zurück zum Eingang. Von einem der Tische rief man ihn, aber er reagierte nicht darauf.
»Bleib hier stehen«, sagte er. »Sag mir erst, was mit Heidi los ist.«
»Es hat Ärger gegeben«, antwortete Andrea widerwillig. »Sie ist schon vor dem Abendessen gegangen, und sie muß jetzt unbedingt nach Hause kommen. Meine Mutter ängstigt sich. Sie ist krank.«
»Na schön. Warte hier.«
Aus der Ferne verfolgte Andrea die Szene. Wie Carlo sich langsam umdrehte, den jungen Breuer ungnädig musterte, dann laut lachte, etwas sagte, sich eine Zigarette ansteckte und Breuer den Rücken zukehrte.

Auf dem Weg zurück zur Tür sprach Dieter Breuer noch mit einem anderen jungen Mann und einem Mädchen, die gerade tanzten.

»Von Carlo habe ich nichts erfahren«, sagte er, als er wieder bei Andrea war. »Ich soll mich um meinen eigenen Scheiß kümmern, ließ er verlauten.« Und überrascht von sich selbst fügte er hinzu: »Entschuldige, das ist so sein Ton. Ich bring' dich jetzt heim.«

»Das ist doch nicht nötig.«

»Ich bleibe sowieso nicht hier. Ich mach' mir nicht viel aus dieser Bumsbude.«

»Warum gehst du dann her?« fragte Andrea, als sie auf der Straße waren.

»Manchmal komme ich hier vorbei und schau rein. Aber es gibt hübschere Kneipen. Mit besserer Gesellschaft.«

»Sonst hat Carlo nichts gesagt?«

»Nein. Aber ich habe noch Margot gefragt, das ist eine Freundin von Heidi. Margot sagt, sie hätte Heidi vor einigen Stunden gesehen, aber sie ist gleich wieder weggegangen. Wohin, weiß sie auch nicht.«

»Wenn Heidi nicht hier ist, wo kann sie dann sein?«

»Weiß ich doch nicht. Ich kenne deine Schwester nur ganz flüchtig. Und ich kenne auch ihre Clique nicht weiter.« Das klang ein wenig hochmütig. »Da, wo ich sonst hingehe, habe ich sie jedenfalls noch nie gesehen. Vielleicht ist sie inzwischen zu Hause.«

»Ja, vielleicht.«

»Was fehlt deiner Mutter denn?«

»Sie hat es mit dem Herzen.«

»Aha. Schlimm so was.«

Von dem, was heute passiert war, wußte Dieter offenbar nichts. Und Andrea wollte natürlich nichts davon sagen. Eigentlich war er ganz nett. Es war anständig, daß er sie nach Hause brachte. Sie sprachen von der Schule. Dieter ging in die vorletzte Klasse. Nächstes Jahr würde er Abitur machen.

»Ein Jahr habe ich verloren«, sagte er. »Ich bin nämlich mal sitzengeblieben.«

»Ach!«

»Ja. Reine Schlamperei. Ich war stinkfaul. Es wäre nicht nötig gewesen, denn ich bin nicht so dumm, wie ich aussehe. Ich hab' mich ziemlich geärgert damals. Aber jetzt läuft der Laden. Machst du auch das Abi?«

Die Frage traf Andrea tief ins Herz. »Ich möchte so schrecklich gern«, sagte sie.
»Na und? Wo hängt's denn? Ich denke, du bist so eine gute Nummer in der Schule.«
»Meine Eltern haben kein Verständnis dafür. Mein Vater sagt, ich soll aufhören und etwas Vernünftiges lernen, damit ich bald was verdiene. Es war schon allerhand, daß er mir erlaubt hat, bis zur mittleren Reife zu gehen. Und da müßte ich eben dieses Jahr aufhören.«
»Wär' doch schade, wenn du so gut bist. Was hat denn dein Vater gegen die Schule?«
»Er versteht das eben nicht. Er sagt, ich heirate sowieso. Da ist das bloß verlorene Zeit.«
»Die alte Kiste! Daß es das noch gibt.«
»Ich möchte wirklich gern studieren.«
Dieter Breuer lauschte dem Ton nach, in dem sie das gesagt hatte. Richtig sehnsüchtig hatte es geklungen. Ein komisches Mädchen war das.
»Na, so leicht ist das heutzutage nicht. Da muß man verdammt gute Noten haben. Weißt du denn, was du studieren willst?«
»Klar. Chemie.«

»Du bist wirklich komisch. Warum denn gerade Chemie?«

»Ich finde das schrecklich interessant. Und es liegt mir eben.«

»So? Na, muß es wohl auch geben.«

Kurz ehe sie in die Babingerstraße kamen, fing es an zu regnen, ganz plötzlich und sehr heftig. So hatte es mehrmals an diesem Tag geregnet, und dazwischen war das schönste Wetter gewesen. Sie liefen das letzte Stück im Trab, und Dieter sagte: »Typisch Aprilwetter! Aber wir sind ja gleich da.«

Dann waren sie vor der Nummer 7 angelangt, der Abschied fiel kurz aus.

»Mach, daß du ins Bett kommst. Höchste Zeit für kleine Kinder«, gab Dieter noch zum besten, aber es klang freundlich. »Sicher ist Heidi inzwischen da.«

»Ja, hoffentlich. Und vielen Dank«, sagte Andrea.

»Bitte sehr. Zu weiteren Diensten gern bereit. Also, tschüs.« Er ging ihr nach, durch die Toreinfahrt, wartete noch, bis sie den Schlüssel ins Schlüsselloch gesteckt hatte, und lief dann eilig heimwärts. Die Babingerstraße war ganz still, ganz leer. Die Babinger schliefen alle schon.

Nachdem sie den Schlüssel leise umgedreht hatte, erlebte Andrea eine böse Überraschung. Sie konnte nicht hinein. Die Kette war vorgelegt. Regungslos blieb sie stehen und wagte kaum zu atmen. War Heidi also doch da? Aber wie konnte sie denn die Kette vorlegen, sie mußte doch gesehen haben, daß Andrea nicht in ihrem Bett lag?

Leise zog sie die Tür wieder zu und schlich im Hof zum Küchenfenster. Dahinter brannte Licht. Der Vorhang war nicht ganz zugezogen, und was sie sah, ließ sie vor Schreck erstarren.

In der Küche brannte die kleine Stehlampe, auf dem Tisch standen drei leere Bierflaschen, und auf dem Sofa lag Buschl und schlief mit offenem Mund.

Er war an diesem Abend ohne sein gewohntes Quantum Bier ins Bett gegangen, der Ärger über seine Tochter kam hinzu, und er konnte nicht einschlafen. Nach einer Weile war er wieder aufgestanden, Fina schlief fest auf die beiden Tabletten hin, die Andrea ihr gegeben hatte, und Alois Buschl war leise in die Küche geschlichen, um sich noch eine Flasche Bier zu genehmigen, während er auf seine verdorbene Tochter wartete. Dann hatte er festgestellt, daß die Kette, die er eigenhändig vorgelegt hatte, wieder entfernt worden war, und als nächstes stellte er fest, daß Andrea ebenfalls fehlte. Jetzt wurde Buschl wütend. Solche elenden Fratzen, alle beide! Nun, er würde es ihnen besorgen, wenn sie heimkamen.

Er bezog Posten in der Küche, nach der dritten Flasche Bier wurde er müde und schlief ein.

Das alles konnte sich Andrea leicht zusammenreimen. Aber was nun? Wenn sie klingelte, würde er möglicherweise wach. Ihre Mutter ganz bestimmt, und deren Schlaf wollte sie auf keinen Fall stören. Ans Küchenfenster klopfen? Bis Buschl es hörte, würde die ganze Nachbarschaft munter sein. Aber gleichviel – ob klingeln oder klopfen, sie hatte einfach Angst, ihrem Stiefvater gegenüberzutreten.

Vielleicht war Heidi doch da? Das kleine Zimmer, in dem sie mit Heidi schlief, hatte nur ein schmales, vergittertes Fenster auf den Hof hinaus. Es war dunkel. Andrea kratzte vorsichtig an der Scheibe. Wenn Heidi drin war, mußte sie es eigentlich hören, denn lange konnte sie bestimmt noch nicht zurück sein.

Aber Heidi war nicht da. Andrea konnte zwar nichts sehen, aber sie wußte es. Heidi war auf und davon.

Der Regen hatte nachgelassen und hörte so plötzlich auf, wie er angefangen hatte. Eine Weile lehnte Andrea ziemlich ratlos an der Hauswand vor ihrem Fenster. Der Kater von Nummer 5 strich um ihre Beine. Irgendwo raschelte es. Im zweiten Stock brannte in einem Fenster noch Licht, sonst war alles dunkel.

Die Schritte vom jungen Breuer waren verklungen. Ein Glück, daß er wenigstens fort war. Die Vorstellung, daß er miterlebt hätte, wie sie vor der versperrten Tür stand und nicht hineinkonnte, war entsetzlich.

Und was nun? Mußte sie die ganze Nacht im Freien verbringen? Es war ziemlich kühl, und sie trug nur eine kurze Jacke. Sie konnte ins Haus gehen und sich auf die Treppe setzen. Das war auf jeden Fall besser, als auf der Straße zu stehen. Den Hausschlüssel für das Vorderhaus hatte sie glücklicherweise.

Nein, sie hatte ihn nicht. Erst kürzlich hatte sie ihn vom Schlüsselbund genommen. Sie benutzte die Vordertür ja sowieso nie, und der zusätzliche Schlüssel beulte nur unnötig ihre Hosentaschen aus.

Sie blieb unter der Haustür stehen, ratlos und voller

Angst. Eine ganze Nacht auf der Straße – es war keine sehr angenehme Aussicht.

Ein Auto bog in die Babingerstraße ein. Andrea wartete regungslos, bis es vorbeigefahren war. Aber es fuhr nicht vorbei. Es hielt genau vor ihr. Genau vor der Nummer 7. Zwei Leute saßen darin, dann stieg ein Mann aus, ging um den Wagen herum, und machte auf Andreas Seite die Tür auf.

Andrea schoß vom Hauseingang weg, um die Ecke herum in die Toreinfahrt. Sie hielt den Atem an.

»Was war denn das?« fragte der Mann und blickte dem Phantom nach.

»Das frage ich mich auch«, sagte Beate Anschütz und spähte zur Toreinfahrt.

»Soll ich nachsehen? Oder soll ich dich lieber hinaufbringen, falls du dich fürchtest, Beate?«

»Wir werden nachschauen«, sagte Beate. Sie ging rasch in die Toreinfahrt, denn sie hatte, obwohl es dunkel war, gesehen, daß weder ein Räuber noch ein Mörder davongelaufen war.

Andrea blickte ihr mit großen Augen entgegen. »Entschuldigen Sie, bitte«, sagte sie leise. »Ich wollte Sie nicht erschrecken.«

»Was machst du denn hier?«

Mit Andreas Beherrschung war es zu Ende. Tränen stiegen ihr in die Augen, sie biß sich auf die Lippen, um nicht loszuheulen wie ein kleines Kind.

Der Mann, der Beate heimgebracht hatte, ein Kollege von der Universität, blickte Andrea neugierig an. Dann fragte er: »Kennst du die junge Dame?«

»Ja, sie wohnt hier in diesem Haus. Was ist denn geschehen?« Beates Stimme klang freundlich, sie streckte Andrea unwillkürlich die Hand entgegen. »Kann ich Ihnen helfen?«

Andrea schüttelte heftig den Kopf.

»Warten Sie auf jemand?«

Wieder Kopfschütteln.

Beate sagte zu ihrem Begleiter: »Laß uns mal einen Moment allein, ja? Vielleicht sagt sie mir, was los ist.«

»O. K.«, sagte Dr. Müller, Dozent für mittelalterliche Geschichte, und zog sich auf die Straße zurück.

»Also, was ist los?« fragte Beate Anschütz, leise, aber energisch.

»Ich kann nicht hinein.«

»Du kannst nicht hinein? Warum nicht?«

»Er hat die Kette vorgelegt.«

»Dein Vater?«

»Ja.«

»Und warum bist du so spät noch hier draußen?«

»Ich habe Heidi gesucht. Erst hat er sie nämlich ausgesperrt; sie ist heute abend weggegangen. Sie wissen ja, wegen der Sache drüben bei der Frau Strettinger. Sie hat Angst gehabt, wenn er heimkommt. Darum ist sie weggelaufen. Dann hat er die Kette vorgemacht, und dann...« Atemlos haspelte Andrea die Geschichte herunter, froh darüber, daß sie nicht allein war. Sie kannte Beate Anschütz kaum, aber sie hatte Vertrauen zu ihr.

»Ich verstehe«, sagte Beate, und sie verstand wirklich. Herrn Buschl kannte sie nur vom Sehen, aber sie konnte sich leicht vorstellen, daß er grob werden konnte. »Du meinst, wir sollten ihn nicht wekken?«

Andrea schüttelte den Kopf.

»Jedenfalls kannst du nicht die ganze Nacht auf der Straße bleiben. Dann kommst du eben mit zu mir hinauf.«

»Aber... aber... das geht doch nicht.«

»Warum soll das nicht gehen? Los, komm. Ich muß ins Bett. Es ist sowieso schon so spät.«

Sie wandte sich zur Straße. Andrea folgte ihr zögernd.

»Sie hat ihren Schlüssel vergessen und kann nicht hinein«, sagte Beate zu ihrem Begleiter.

Fünf Minuten später war Andrea im dritten Stock, in der kleinen Zweizimmerwohnung von Beate Anschütz. Es war warm und gemütlich, auf dem Schreibtisch lagen eine Menge Bücher, und vor dem Fenster stand ein großer Tulpenstrauß.

»Du kannst hier auf der Couch schlafen«, sagte Beate ohne Umschweife. »Da ist eine Decke und dort ein Kissen. Geh ins Bad, und dann mußt du gleich schlafen. Du mußt ja früh unten sein, damit du da bist, wenn deine Mutter aufsteht. Nicht, daß sie sich Sorgen macht. Heute können wir wegen Heidi sowieso nichts mehr unternehmen. Aber morgen müssen wir den Fall mal in Ruhe besprechen.«

»Danke«, sagte Andrea. »Vielen Dank.«

Frau Dr. Anschütz lächelte, ihr hellbraunes Haar war ein wenig durcheinander; sie sah sehr jung aus. »Ich weiß gar nicht, wie du heißt«, sagte sie.

»Andrea. Und nicht Buschl. Ich heiße Andrea Winter. Er ist nicht mein Vater.«

»Ach so. Nun, schlaf gut, Andrea. Mach dir nicht soviel Sorgen. Das mit der Frau Strettinger ist schließlich kein Kapitalverbrechen. Und deine Schwester werden wir auftreiben und ihr mal ordentlich die Meinung sagen. Ist sie eigentlich deine richtige Schwester?«

»Nein. Sie ist die Tochter von ihm.«

»Aha. Ich verstehe. Bißchen kompliziert, die Familienverhältnisse. Aber nicht so kompliziert, daß man's nicht kapieren könnte. Also denn: gute Nacht.«

Doch eine Weile später hatte Beate Anschütz noch einen guten Einfall, denn sie war ein Mensch, der immer alles methodisch zu Ende dachte...

Andrea lag müde und unglücklich auf der Couch, aber auch irgendwie geborgen, als Beate noch einmal mit übergeworfenem Mantel aus ihrem Schlafzimmer kam.

»Habt ihr einen Briefschlitz an der Wohnungstür?« fragte sie.

»Ja.«

»Weißt du was? Ich schreibe ein paar Zeilen, daß du

hier bist, und stecke sie bei euch rein. Ist besser, sonst gibt es vielleicht Aufruhr. Es kann ja sein, er wacht in der Nacht auf, da er nicht in seinem Bett liegt.«
Andrea leuchtete das ein, sie richtete sich auf. »Aber das kann ich ja machen.«
»Du bleibst liegen. Ich gehe schnell runter.«
Beate beugte sich über den Schreibtisch, schrieb ein paar Worte auf ein Blatt Papier, lächelte Andrea an und verließ das Zimmer. Als sie gleich darauf wiederkam, war Andrea eingeschlafen.
Ehe sie die Schreibtischlampe ausknipste, betrachtete Beate ihren Gast. Das Gesicht des Mädchens war jetzt gelöst im Schlaf, es wirkte kindlich.
Armes Mädchen, dachte Beate. Das war wohl kein allzu erfreuliches Leben da unten in der düsteren Wohnung. Und dabei schien diese Andrea ein recht intelligentes und tüchtiges Mädchen zu sein. Ob sie wohl überhaupt einen Menschen hatte, mit dem sie reden konnte? Die Frau Buschl hatte wenig Zeit, und Herr Buschl – na ja, der war eben, wie er war; daß Andrea ihn nicht sonderlich mochte, war deutlich zu merken gewesen. Und dazu die Heidi, die stahl und die sich herumtrieb. Und wie war das gleich gewe-

sen? Eine Eins in Mathematik, fiel ihr ein... Das war doch ganz beachtlich. Sie mußte sich mal von Andrea über die Schule erzählen lassen.
Beate Anschütz gähnte herzhaft. Höchste Zeit, ins Bett zu gehen. Heute würde es ihr nicht mehr gelingen, die Probleme der Familie Buschl zu lösen. Abgesehen davon, daß es sie nichts anging.
Sie knipste die Lampe aus und verschwand in ihrem Schlafzimmer. Und nicht die blasseste Ahnung sagte ihr, daß die Begegnung mit Andrea ihr Leben ändern würde.

Was Heidi inzwischen erlebt hat

Etwa zur gleichen Zeit saß Heidi auf dem Boden in einer fremden Wohnung, unter sich nur eine dünne Matratze. Ihr war sterbensübel, sie war unglücklich wie noch nie in ihrem Leben; am liebsten hätte sie geweint. Aber da waren die anderen, sie hatte das Gefühl, sie werde ständig beobachtet.

Jetzt kam der kleine Dicke durch das Zimmer gelatscht und ließ sich mit einem Plumps auf ihre Matratze fallen.

»Na, Mädel«, sagte er. »Geht's dir jetzt besser?« Die schmuddeligen Haare standen ihm wirr vom Kopf ab, vorn hatte er eine Zahnlücke, er roch schlecht.

»Laß mich in Ruh«, knurrte Heidi.

»Du kannst noch ein paar Züge von mir haben. Ich hab' extra für dich noch was aufgehoben.«

»Ich will nicht. Schmeckt mir überhaupt nicht.«

Er gackerte albern. »Daran gewöhnst du dich.«

»Bestimmt nicht«, sagte Heidi wütend. »Und nun schieb ab.«

»Aber ich will mich doch um dich kümmern. Hat Carlo gesagt. Kümmre dich um die Kleine, hat er gesagt, die ist noch grün. Also kümmre ich mich. Was möchtest du gerne?«

»Meine Ruhe.«

Und was zu essen, fügte Heidi in Gedanken hinzu. Ihr war zwar schlecht; denn es war das erste Mal gewesen, daß sie einen Joint geraucht hatte. Gräßlich war es gewesen, nur übel war ihr davon geworden. Doch sie hatte das Gefühl, wenn sie etwas zu essen bekäme, würde ihr vielleicht besser werden. Schließlich hatte sie kein Abendessen bekommen, nur diese kalte halbe Pizza. Und zu Mittag hatte sie schließlich auch nicht gegessen vor lauter Aufregung.

Ach, was für ein Tag! Was für ein Leben! Tränen traten in ihre Augen, mit Mühe unterdrückte sie ein Schluchzen. Und dazu noch die Enttäuschung mit Carlo. Wie bitter schmeckte die Freiheit!

Sie sehnte sich zurück nach dem kleinen Hofzimmer in der Babingerstraße, wo Andrea, die Glückliche, vermutlich jetzt in ihrem Bett lag und schlief.

Es war zwar reichlich dunkel im Zimmer, aber der Dicke sah die Tränen in ihren Augen doch.

»Nu, heul bloß nicht. Wirst dich schon an uns gewöhnen. Soll ich dich 'n bißchen trösten?«

Er beugte sich über sie und machte Anstalten, sie zu küssen. Wie eine fauchende Katze fuhr Heidi auf.

»Scher dich zum Teufel, du Idiot!« schrie sie ihn an.

»Hö!« kam es aus einer anderen Ecke. »Macht sich die Neue etwa mausig? Die kann gleich von mir ein paar auf den Rüssel kriegen. Wir sind hier alle friedliche Menschen. Sind wir... Was hat denn Carlo uns da für eine faule Nuß ins Haus geliefert?«

Und nun eine Mädchenstimme, träge und schläfrig: »Hab' ich gleich gesehen. Die paßt nicht zu uns.«
»Schnauze!« kam jetzt eine andere Stimme. »Ich will nichts mehr hören. Los, Tippy, zünd mir noch eine an.«
Der Dicke trollte sich, und Heidi saß elend und verlassen da. Wäre sie doch zu Frau Strettinger gegangen und hätte um Entschuldigung gebeten! Selbst die Begegnung mit ihrem Vater schien ihr nicht mehr so fürchterlich, angesichts ihrer neuen Umgebung.
Wie konnte Carlo sie nur hierher schicken! Carlo! Der gemeine Schuft.
Erst hatte sie zwei Stunden gebraucht, bis sie ihn gefunden hatte. Und während sie durch Schwabings Straßen trabte, hier und da in ein Lokal hineinschaute, hatte sie unausgesetzt an Carlo gedacht. Sie liebte ihn, und er liebte sie auch, daran konnte kein Zweifel sein. Schließlich ging sie jetzt seit einigen Wochen mit ihm; er würde ihr helfen, und dann würde alles gut. Frau Strettinger, ihr Vater, die Mutter und Andrea, alle konnten ihr in Zukunft gestohlen bleiben. Sie hatte Carlo. Und Carlo war der großartigste Mann weit und breit, das stand fest.

Schließlich traf sie in der Feilitzschstraße zwei Typen, die sie kannte: Fred und Jenny. Sie kamen umschlungen aus dem Drugstore und schauten nicht nach rechts oder links. Heidi hatte sie erspäht, sie kannte die beiden nicht näher, hatte sie nur einige Male in Carlos Gesellschaft gesehen. Es war mittlerweile acht Uhr geworden, ihr war kalt.

»Ach, hallo!« sagte Heidi, aber es klang zu der Zeit schon etwas matt. »'n Abend.«

Das Mädchen hob nur träge die Lider.

Fred sagte schleppend: »'n Abend! Is was?«

»Habt ihr Carlo gesehen?«

Fred ruckte mit der Schulter an Jennys Arm. »Ham wir Carlo gesehen?« Das Mädchen blickte Heidi gelangweilt an und schwieg weiter.

»Willst 'n das wissen?« quetschte Fred hervor.

»Ich muß ihn dringend sprechen«, sagte Heidi ungeduldig. Die zwei waren doch zu blöd.

»Dringend?« wiederholte Fred gedehnt. So wie er das Wort aussprach, hörte es sich an, als habe Heidi verkündet, sie wolle stracks zu einer Mondfahrt starten. »Haste gehört, Jen?« Fred ruckte wieder mit der Schulter. »Dringend, hat sie gesagt.«

Jenny schenkte sich auch diesmal eine Äußerung; sie glotzte total weggetreten über die Straße.
»Wer bist 'n du überhaupt?« wollte Fred wissen.
»Du kannst mich gern haben«, sagte Heidi wütend. Denn erst vor acht Tagen hatten die beiden bei Jimmy neben ihr und Carlo gesessen.
»Das ist eine von Carlos Mäusen«, sagte Jenny. Fred verschlug es vor Staunen die Sprache; so viel auf einmal hatte Jenny mindestens seit einem halben Jahr nicht mehr geredet.
Der verächtliche Tonfall machte Heidi jetzt noch wütender.
»Soll 'n das heißen? Carlos Mäusen...« äffte sie Jenny nach.
»Sie meint von Carlos Mädchen«, klärte Fred sie auf. »Der hat doch immer 'ne ganze Latte voll.«
Diese durchaus sachlich vorgetragene Mitteilung trug nicht dazu bei, Heidis Stimmung zu verbessern. Carlo: ihre große Liebe. Vielleicht hatte er früher einmal 'ne Latte voll gehabt. Jetzt hatte er sie, da war das vorbei.
»Weißt du, wo er ist?«
»Nö, weiß ich nicht.«

»Vittorio?« knödelte Jenny hervor.

»Stimmt, ja.« Fred verzog den Mund etwas, bei einigem guten Willen konnte man eine Art von Lächeln darin erkennen. »Vielleicht ist er bei Vittorio, da geht er manchmal hin.«

»Danke. Tschüs.«

Vittorio war eins von den zahllosen italienischen Lokalen, die es in München gab. Es gab sie in allen Stadtteilen, und besonders dicht gesät in Schwabing. Woher die Leidenschaft der Münchner für italienische Küche kam, hatte leider bisher noch keiner soziologisch beziehungsweise kulinarisch untersucht. Aber einmal hatte es angefangen, da war es schick geworden, italienisch zu essen, dann war es weitergegangen, und da die Menschheit zum größten Teil aus Nachahmungstätern besteht, dachten nun alle, italienisch essen sei top. Konnte es unter Umständen sein. Nur daß die meisten dieser Kneipen die italienische Küche nicht auf der Höhe ihrer Möglichkeiten zeigten. Die Spaghetti waren vermanscht, die Pizza zäh und die Canneloni klebrig. Na, lassen wir das. Spielt für uns hier weiter keine Rolle. Der Gerechtigkeit halber mußte man jedoch zugeben, daß es auch einige italienische Lokale gab, wo man leidlich gut essen konnte. Dazu gehörte Vittorio, ein verhältnismäßig kleines, nicht sehr bekanntes Lokal, das eine treue Stammkundschaft besaß. Heidi war noch nie dort gewesen, aber sie wußte, wo es sich befand. Also machte sie sich – ziemlich müde nun schon vom Herumlaufen – auf den Weg zu Vittorio. Und – o Wunder –, als sie vorsichtig zur Tür hereinspitzte, saß dort der so verzweifelt gesuchte Carlo an einem Tisch in der Ecke, zusammen mit zwei anderen Männern. Von seiner »Latte Mädchen« war keines dabei, was Heidi etwas fröhlicher stimmte.

Allerdings hätte sie sich denken können, daß Carlo und seine Kumpane geschäftliche Dinge besprachen, die leider, wie bei Carlo üblich, illegal waren, um es mal vornehm auszudrücken.

Weswegen auch Carlo gar nicht entzückt war, Heidi zu sehen. »Was willst 'n du?« fragte er ziemlich unfreundlich, als sie zu ihnen an den Tisch trat.

»Ich hab' dich gesucht. Ich muß dich sprechen.«

»Ich hab' jetzt keine Zeit. Siehste doch.«

»Es ist wichtig.«

Die beiden anderen jungen Männer grinsten.

»Ist das 'ne Neue von dir?« fragte einer.
»Komm nachher zu Jimmy«, sagte Carlo.
»Bitte, Carlo! Ich muß gleich mit dir sprechen.«
Vor Carlo stand ein Teller mit einer halbgegessenen Pizza. Er schob den Teller zurück, blickte Heidi mit gerunzelter Stirn an. »Ich kann nicht leiden, wenn mir eine nachläuft.«
Da kamen Heidi das erste Mal an diesem schrecklichen Abend Tränen.
»Die kann's nicht abwarten, das siehste doch«, sagte der andre Tischgenosse. »Muß Liebe schön sein.«
»Da. Setz dich da rüber und iß das. Ich komm dann gleich.«
Heidi, sehr kleinlaut, aber doch froh, daß sie ihn gefunden hatte, nahm den Teller und setzte sich an den nächsten Tisch. So kam sie wenigstens zu einem kleinen Abendbrot. Carlo, der schon zuvor eine Fischsuppe und Piccata Milanese gegessen hatte, kam natürlich nicht auf die Idee, für sie extra etwas zu bestellen.
Es dauerte eine halbe Stunde, bis die drei mit ihrer Besprechung fertig waren. Dann gingen die andern beiden, und Carlo winkte Heidi gnädig herbei.

»Willst 'n Bier?«
»Lieber eine Cola.«
Nachdem Carlo das weitergegeben hatte, fragte er:
»Wie hast du mich denn hier gefunden?«
»Ich hab' zwei getroffen, die haben gesagt, du wärst vielleicht hier.«
»So. Is' doch 'n Scheißkaff hier. Nicht mal in Ruhe essen kann man. Also – was ist los?«
»Du mußt mir helfen.«
»Ich hör' wohl nicht recht. Helfen? Bei was denn?«
Er warf einen schrägen Blick auf Heidis prall gefüllte rote Badetasche und kam gleich auf die richtige Spur. »Du bist doch nicht etwa abgehauen?«
»Doch.«
»Interessant. Und darf man fragen, warum? Und daß wir gleich klarkommen: mit mir nicht. Ich kann dich nicht brauchen.«
Heidi schluckte. Das war hart. Die Cola kam, Heidi goß sich ein und trank gleich das ganze Glas mit einem Zug aus. Dann erzählte sie Carlo alles, was passiert war. Es hatte ja keinen Zweck, etwas zu verschweigen, wenn sie wollte, daß er ihr half.
Carlo lachte sich halbtot. »Is ja 'n Ding. So 'n artiges

kleines Mädchen wie du. Hätt' ich dir gar nicht zugetraut. Kann ja fast noch was aus dir werden.«

Dies war genaugenommen der Moment, in dem Heidis große Liebe zu Carlo starb. Zum ersten Mal sah sie ihn klar und nüchtern, erkannte sie mit einem Schreck, in welch übles Fahrwasser sie geraten war. Jetzt hätte sie aufstehen müssen, sich umdrehen, weggehen, so schnell sie konnte, ganz egal, was sich zu Hause abspielen würde. Es würde vorübergehen, es war schließlich ihre Familie, sie gehörte dorthin, und wenn sie Hilfe brauchte, würde sie dort am ehesten welche bekommen. Natürlich, der derbe Buschl, die kranke Fina, sie waren beide den Problemen, wie sie Heidi nun hatte, nicht ohne weiteres gewachsen. Und Andrea war zu jung.

Heidi fühlte es: Genaugenommen war keiner da, der ihr wirklich helfen konnte. Diesmal rollten ihr die Tränen über die Wangen.

»Heul nicht, du Tüte«, sagte Carlo grob. »Wenn du im Untergrund was werden willst, mußt du hart sein. Hast du die Schlüssel wirklich geklaut?«

»Nein. Ich schwöre dir. Bestimmt nicht.«

»Schade. Die Schlüssel sind die einzige echte Kiste

dabei. Das andere ist ja Kinderkram. Willste noch 'ne Cola?« Heidi nickte und leckte die Tränen von der Oberlippe. Sie war so allein. So verlassen.

»Nun paß mal auf. Passieren kann dir nicht viel, ist ja klar, nich'? Nebbich, 'n paar Lippenstifte und 'n paar Kröten aus der Manteltasche. Kann sowieso keiner nachweisen. Wenn sie dir das mit den Schlüsseln anhängen, ist es schlimmer. Angenommen es wird dort wirklich eingebrochen. Wie heißt der Laden, sagst du?«

Heidi blickte ängstlich zu ihm hinüber. »Warum willst du das wissen?«

»Nun sag schon!«

»Du darfst da nicht einbrechen. Dann bin ich dran.«

»Einbrechen? Wie kommst du mir denn vor? Ich und einbrechen? Mit so was geb' ich mich doch nicht ab. Hab' ich früher mal gemacht. Automaten knacken, Autos ausräumen und so, mal 'ne Schaufensterscheibe einschlagen, damit hab' ich angefangen. Heute mache ich Geschäfte. Mir kann keiner was nachweisen. Ich bin gut abgedeckt. Und drum kann ich dich auch nicht gebrauchen, verstehst du? Wenn ich dich mit zu mir nehme, und sie suchen dich da, dann bin ich mit drin. Minderjährig wie du bist.«

»Ich bin siebzehn.«

»Auch schon was. Nee, mein Kind, von mir kannst du nichts erwarten. Ich kann dich nicht mal mehr treffen. Bei Jimmy oder so. Ist ja klar. Du mußt untertauchen.«

Heidi sagte nichts mehr. Sie saß da wie ein verschrecktes Huhn und nippelte die zweite Cola aus. Und leider kam sie immer noch nicht auf die gute Idee, einfach aufzustehen und nach Hause zu laufen.

Dafür hatte Carlo eine Idee.

»Die Gurke!« sagte er. »Da kannst du hingehen. Die halten dicht. Und da kommt es auf einen mehr oder weniger nicht an.«

»Die Gurke?« wiederholte Heidi erstaunt. »Wer ist denn das?«

»Das ist eine, die ich kenne. War mal 'ne Zeit mit ihr zusammen. Das is 'n Kumpel. Da liegst du richtig.«

»Was ist das?«

»So 'ne WG. Die haben 'ne Wohngemeinschaft, Stückchen weiter draußen. Alles ganz nette Leute, glaube ich. Für mich ist das ja nichts. Ich bin Individa... ich meine 'n Individulist. Aber manche Leute finden das ja dufte. Da kannste erst mal bleiben. Und laß dir nicht wieder einfallen, mir hinterherzulaufen. Das nächste Mal werde ich stocksauer. Das kann ich dir versichern.«

So landete Heidi also in der WG von der Gurke. Die Gurke war ein großes, spindeldürres Mädchen mit langen strähnigen Haaren, das den ganzen Tag Gurken aß. Saure Gurken wohlverstanden.

Die Wohngemeinschaft war in einem Keller am Nordrand von Schwabing. Sie bestand aus zirka zwölf Leuten, vielleicht waren es auch ein paar mehr, Heidi konnte das nicht gleich so überblicken; es war dunkel und ungemütlich, sie war todmüde, und dann gaben sie ihr auch noch Hasch zu rauchen.

Schließlich schlief sie ein auf ihrer harten Matratze, irgendwo dudelte noch Musik. Es war kalt im Keller, und mit der großen Freiheit war es wie mit der großen Liebe: eine Illusion.

Dialog vor der Schule

Andrea schlief gut auf der fremden Couch. Aber sie wachte früh auf, die Unruhe steckte noch in ihr drin. Einen Moment war sie verwundert, denn in ihrem sechzehnjährigen Leben hatte sie nur selten woanders geschlafen als in dem dunklen Hofzimmer.

Dann erinnerte sie sich an alles, was gestern geschehen war. Sie mußte aufstehen und hinuntergehen und Buschl und ihrer Mutter gegenübertreten. Was würde er tun und sagen? Und ihre Mutter?

Wie oft, überfiel sie eine wilde Angst, ihre Mutter könne tot sein. Seit Fina den ersten Herzanfall gehabt hatte, schwebte Andrea in ständiger Angst.

Es gab so wenig in ihrem Leben, was gut war, was sie lieben konnte. Fina war der Mensch, der ihr am nächsten stand. Und es war nicht nur eine kindlich vertrauensvolle Liebe, die Andrea für sie empfand, es war auch noch so etwas wie Verantwortung. So, als brauche Fina Schutz und Hilfe. Von ihr. Mehr, als sie Schutz von Fina brauchte.

Sie wußte gar nicht, wann das angefangen hatte, daß sie so empfand. Vermutlich mit Finas erstem Herzanfall. Oder früher? Seit sie ein bißchen mehr von menschlichen Beziehungen wußte und ahnte, wie leer und unbefriedigend das Leben ihrer Mutter war. Irgendwo in ihrem Herzen lebte der alte Wunschtraum aller Kinder, die ihre Mutter lieben: eines Tages reich, berühmt, erfolgreich zu sein und die Mutter damit glücklich zu machen und ihr ein sorgloses Leben bieten zu können.

Wen liebte sie denn sonst außer ihrer Mutter? Den Buschl doch nicht? Für ihn empfand sie keine Spur von Zuneigung, seine Art, sein Reden, sein Kommen und Gehen waren ihr unsympathisch – auch wenn sie sich manchmal sagte, daß sie ihm unrecht tat. Er konnte ja nichts dafür, daß er so war. Kein Mensch hatte sich um ihn gekümmert, ihm etwas beigebracht, dann war er in den Krieg gegangen und als kranker Mensch zurückgekehrt. Aber sie begriff trotzdem nicht, daß er so verständnislos sein mußte. Daß er nicht verstehen wollte, daß sie, Andrea, anders war und sich ein anderes Leben wünschte. Der Streit um die Schule – das ging nun schon seit Jahren.

War es denn wirklich so ein unsinniger Luxus, die Schule bis zum Abitur zu besuchen? So viele taten es, die viel dümmer und unbegabter waren. Und nicht nur die Kinder reicher Leute. Es waren viele in ihrer Klasse, die stammten aus ebenso bescheidenen Verhältnissen wie sie. Gudrun zum Beispiel, ihr Vater war gestorben und ihre Mutter arbeitete in einem Supermarkt als Kassiererin, einen kleinen Bruder hatte Gudrun auch noch, aber beide Kinder besuchten das Gymnasium.

»Eine gute Schule ist wichtig«, sagte Gudruns Mutter. »Sonst kann ich meinen Kindern nichts vererben, aber ein bißchen Wissen und Verstand sollen sie mitbekommen, es ist dann ihre Sache, was sie damit anfangen. Wenn ich einen Beruf gelernt hätte, ginge es uns heute besser.«

Dabei war Gudrun nicht etwa eine besonders gute Schülerin; es ging so gerade, und sie mußte sich ziemlich anstrengen.

Na schön, dachte Andrea, wenn ich in diesem Jahr mit der Schule aufhöre, dann kann ich eine Lehre anfangen, kriege selber etwas Geld, und er muß nicht mehr alles für mich bezahlen. Was heißt alles?

Der Laden ist schließlich auch noch da, und er gehört Mutter.
Bloß, daß der Laden keinen Gewinn mehr abwarf; das wußte Andrea gut genug. Er war eher eine Belastung, und wenn nicht die billige Wohnung daran gehangen hätte, dann, so sagte Buschl immer, hätte er den verdammten Laden schon längst hochgehen lassen. Und es war doch eben so, daß sie alle von Buschls Geld lebten. Allzu üppig war das nicht. Und ich bin gar nicht sein Kind, dachte Andrea wieder einmal wie schon tausendmal – an diesem Morgen auf der Couch von Frau Dr. Anschütz. Ich bin nicht sein Kind. Warum soll er eigentlich für mich bezahlen? Für mein Essen, für meine Kleider, für alles, was ich brauche? Und das noch jahrelang, nur weil ich nicht endlich etwas arbeiten will? So und in ähnlicher Form hatte Buschl ihr schon oft Vorhaltungen gemacht, und ganz unrecht hatte er ja nicht. Also werde ich eben doch aufhören in diesem Jahr. Und dann... Andrea drehte den Kopf zur Seite, durch die zugezogenen Vorhänge drang die Sonne. Der Tag begann, aber sie war unglücklich. Es war alles so schwer.

Und nun noch das mit Heidi! Was sollte sie bloß tun? Wer konnte ihr helfen? Sie mußte Heidi finden. Jetzt mußte sie aufstehen und hinuntergehen! Lieber würde sie zwar warten, bis der Vater fort war, aber das ging nicht; es hatte keinen Sinn, sich zu drücken. Sie stand leise auf, huschte ins Bad und ließ kaltes Wasser über ihr Gesicht laufen.

Als sie zurückkam, stand die Tür zum Schlafzimmer offen. Andrea schaute hinein.

Beate Anschütz saß mit hochgezogenen Beinen im Bett und lachte sie an. »Schon auf?«

»Es tut mir leid, daß ich Sie geweckt habe.«

»Ach was«, sagte Beate. »Ich werde meist um diese Zeit wach. Soll ich uns Frühstück machen?«

»Ich glaube, ich werde lieber hinuntergehen. Es hilft ja nichts, ich muß mit ihm reden.«

»Nein, es hilft nichts«, sagte Beate, »und darum geh mal lieber. Ich hoffe, du kannst einigermaßen vernünftig mit ihm sprechen.«

»Doch, doch. Er hat mir noch nie etwas getan. So ist er gar nicht. Er ist eben...«, Andrea zögerte, suchte nach dem richtigen Wort, »er ist nicht böse, er ist nur... primitiv.«

»Nun ja«, sagte Beate. »Und das gerade bist du nicht. Das hat seine Schwierigkeiten, ich kann es mir vorstellen. Vielleicht kommst du heute nachmittag mal herauf und berichtest mir, wie es gegangen ist, ja?«

»Gern, wenn ich darf. Und vielen Dank.«

Es wurde nicht so schlimm, wie Andrea erwartet hatte. Sie waren beide schon auf, Buschl und Fina, sogar das Frühstück stand auf dem Tisch, nur daß beide keinen rechten Appetit hatten.

»Guten Morgen«, sagte Andrea. »Es tut mir leid. Ich... ich wollte Heidi suchen.«

»Aber, Kind«, sagte Fina, »du kannst doch nicht einfach in der Nacht auf der Straße herumlaufen.« Sie blickte ihren Mann an. Was sie davon hielt, daß er einfach die Kette vorgelegt hatte – dieses Thema war schon gelaufen und von ihrer Seite her in energischem Ton.

Fina sah blaß und sehr besorgt aus, ganz erbarmenswert, fand Andrea. Sie legte beide Hände auf die Schultern ihrer Mutter.

»Wenn Frau Anschütz nicht gekommen wäre, hätte ich geklingelt.«

Buschl war wider Erwarten still. Er starrte auf das angebissene Butterbrot auf seinem Teller.
»Hast du Heidi gefunden?« fragte er.
Andrea schüttelte den Kopf. »Nein. Ich weiß ja auch nicht so genau, wo sie hingeht.«
Sie zögerte, überlegte kurz, sollte sie mehr erzählen? Doch, es war besser, sie berichtete wenigstens etwas, das wirkte beruhigend. Denn erstaunlicherweise war es nun so, daß Buschl sich Sorgen machte um seine Tochter.
»Wenn sie sich nur nichts angetan hat!« sagte Alois Buschl. Er blickte ratlos zu Andrea auf, die noch immer hinter dem Stuhl ihrer Mutter stand, in seinen Augen spiegelte sich helle Angst.
»Nein«, sagte Andrea entschieden, »das glaube ich nicht. Der Typ ist Heidi nicht. Und so ein furchtbares Verbrechen hat sie auch nicht begangen. Nur müßte sie eben schnell wieder nach Hause kommen, ehe sie in schlechte Gesellschaft gerät. Denn...« Andrea stockte. Schließlich fuhr sie fort: »Soviel ich weiß, hat Heidi in letzter Zeit keinen besonders guten Umgang gehabt. Da ist so einer, mit dem sie jetzt viel zusammen war, und der taugt nichts.«

Buschl stand schwerfällig auf. »Habe ich denn so unrecht gehabt, als ich nicht wollte, daß sie sich nachts mit den Kerlen herumtreibt? Aber nein, da bin ich ein Rabenvater. Da hab' ich kein Verständnis. Ist sie oft so in der Nacht weggegangen wie du letzte Nacht?«

»Manchmal«, gab Andrea zu.

»Und du hast es gewußt?«

Andrea senkte den Blick und schwieg.

»Ich habe auch oft gehört, wenn sie weg ist«, sagte Fina. »Und ich habe es ihr verboten.«

»Du!« Buschl schnaubte verächtlich durch die Nase. »Was die sich draus macht, wenn du ihr etwas verbietest. Du hättest es mir sagen müssen.«

»Du hättest sie geschlagen.«

»Na und? Das ist grad das, was sie braucht.«

»Dann wäre sie schon früher weggelaufen. – Andrea, setz dich und frühstücke. Du mußt in die Schule.«

»Schule! So ein Blödsinn«, knurrte Buschl, er fand langsam zu sich selbst zurück.

Doch ehe sie in die Schule ging, lief Andrea noch schnell zu Frau Strettinger hinüber.

»Daß du dich noch hertraust!« empfing Frau Strettinger sie. »Bis halb acht hab' ich hier gesessen und auf dein sauberes Fräulein Schwester gewartet.«

»Heidi ist weg.«

»Weg? Was heißt das?«

»Sie ist weg, und wir wissen nicht, wohin.«

»Na, ein schönes Früchterl. Jetzt geht's endgültig bergab mit ihr.«

»Frau Strettinger, werden Sie Anzeige erstatten?«

»Ach, laß mich in Ruhe. Ich täte keine erstatten, wenn das mit den Schlüsseln nicht wäre. Wenn ihr die neuen Schlösser bezahlt bei Mosers, und wenn dort bis jetzt nichts passiert ist... Ich bin froh, wenn ich von der ganzen blöden Geschichte nichts mehr hör' und seh'.«

Auf dem Schulweg dachte Andrea gründlich nach. Nein, angetan hatte sich die Heidi nichts; das konnte sie sich nicht vorstellen. Wahrscheinlich war sie eben doch bei diesem gräßlichen Carlo. Und es half alles nichts, sie mußte selbst zu ihm gehen und mit ihm sprechen. Und mußte drauf bestehen, daß er sie zu Heidi brachte. Sonst – würde sie ihm sagen – werde ihr Vater eine Vermißtenanzeige aufgeben, und

ein gewisser Carlo werde in diesem Fall bei der Polizei benannt werden.
Andrea lief es kalt über die Schulterblätter. Das war eine klare Drohung, die sie aussprechen mußte. Vorausgesetzt, er brachte sie nicht freiwillig zu Heidi. Wie würde Carlo, der angeblich ein Gangster war, darauf reagieren? Andrea ging langsamer und langsamer. Zu spät kam sie heute sowieso, das ließ sich nicht mehr ändern. Sie war schon zu Hause viel zu spät fortgekommen. Alois Buschl übrigens hatte sich entschlossen, den Tag daheim zu bleiben. Er hätte keine Ruhe heute in seiner Pförtnerloge, hatte er gesagt. Arme Mutter, sie mußte ihn ertragen.
Ist ja auch egal, ob ich zu spät komme, dachte Andrea. Alles ist egal. Ich muß aufhören in diesem Jahr, kein Abitur, kein Studium, keine Chemie. Irgendwo in einem Büro würde sie sitzen. Es war schließlich ganz egal.
Zwar war der Himmel blau, die Sonne schien, es war außerordentlich warm an diesem Morgen im April. Aber für Andrea war der Tag grau und düster, die Zukunft nicht begehrenswert.
Kurz ehe sie zur Schule kam, mußte sie eine kleine

Anlage durchqueren, da standen ein paar Bänke, die zu dieser frühen Stunde noch leer waren. Sie setzte sich auf eine davon, stützte die Ellbogen auf die Knie, das Kinn auf die Hände und starrte trübsinnig auf den Boden.

So erblickte sie kurz darauf Oberstudienrat Dr. Thomas Gruber, der gemächlich durch die Anlage geschlendert kam; denn er hatte erst um neun Uhr seine erste Stunde zu geben und beschlossen, weil das Wetter so schön war, das Auto zu Hause zu lassen und zu Fuß in seine Schule zu gehen.

War das nicht Andrea? Er blieb in einiger Entfernung stehen und betrachtete das Mädchen, das sich nicht rührte, das da still und irgendwie verzweifelt saß; das braune Haar fiel ihr übers Gesicht, er konnte nicht sehen, ob sie am Ende weinte.

Langsam trat er näher, und als er zwei Schritte von der Bank entfernt war, sagte er leise: »Andrea!«

Andrea blickte hoch beim Klang der vertrauten Stimme, sie sprach kein Wort und sah ihren Lehrer nur stumm an.

»Was ist los mit dir? Warum bist du nicht in der Schule?«

»Ach! Wozu denn?«

»Es paßt gar nicht zu dir, daß du die Schule schwänzt.«

»Schwänzen!« sagte sie verächtlich. »Warum sollte ich die Schule schwänzen? Ich bin keine zehn Jahre alt... Für mich gibt es sowieso bald keine Schule mehr.«

Dr. Gruber setzte sich neben Andrea auf die Bank. »Willst du damit sagen, deine Eltern geben wirklich nicht ihre Einwilligung, daß du weitermachst?«

»Meine Mutter hätte nichts dagegen. Aber mein Vater hält es für Blödsinn, so lange in die Schule zu gehen. Er ist der Meinung, daß ich bald etwas verdienen sollte.«

»Hm. Hast du ihm gesagt, daß ich ihn mal sprechen möchte?«

»Das tut er doch nicht.«

»Soll ich mal zu euch kommen?«

»Nein! Bitte nicht!« Das sagte sie laut und entschieden; sie richtete sich auf und blickte ihn beschwörend an. »Das geht nicht.«

»Wie du willst, aber... Ich weiß nicht, wie ich dir sonst helfen könnte.«

Er wußte nicht, wieviel er ihr half, daß er so mit ihr sprach. Was es für sie bedeutete, daß er hier neben ihr saß.

Auf einmal sah sie, wie schön dieser Frühlingsmorgen war, wie blau der Himmel, wie leuchtend die Tulpen auf den Beeten der Anlage. Hier war sie mit Tommy ganz allein. Außerhalb der Schule. Das war noch nie vorgekommen. Ganz dicht saß er neben ihr, sie roch einen frischen, herben Duft, wahrscheinlich Aftershave oder irgend so etwas, sein dunkles Haar glänzte in der Sonne. Er trug einen beigefarbenen Anzug und einen grün-braunen Schlips. Er war wie immer gut angezogen. Die Mädchen beachteten stets, was er anhatte, sie registrierten die Farbe seiner Hemden und jede neue Krawatte.

Im vergangenen Jahr war er aus den großen Ferien mit einem Bart zurückgekommen, das hatte die ganze Schule in Aufruhr gebracht.

»Gefällt euch der Bart?« hatte er gefragt; denn eitel war er natürlich auch.

Die Klasse war geteilter Meinung gewesen. Einige fanden, er sehe toll aus. Aber die meisten sagten, ohne Bart hätte er ihnen besser gefallen.

»Es kommt natürlich nicht allein auf euch an«, hatte er gesagt, in vollem Ernst. »Ich muß in den anderen Klassen auch fragen.« Das Votum fiel offenbar überall gegen den Bart aus. Vier Wochen später war der Bart weg. So war Tommy.

»Der versteht es mit Frauen, das sage ich euch«, erklärte Uschi. »Ich möchte nicht wissen, wie viele der schon unglücklich gemacht hat.« Jedenfalls war er nicht verheiratet, und das war im Kollegium eine Seltenheit. Eine Zeitlang hatte ihn eine hübsche Dunkelhaarige in ihrem flotten Sportwagen öfter von der Schule abgeholt. Aber das schien vorbei zu sein; sie kam nicht mehr. Vielleicht ließ er sich auch nicht mehr von ihr abholen, weil es soviel Aufsehen erregt hatte.

»Wir wissen eben gar nichts über sein früheres Leben«, hatte Uschi meditiert; denn er war erst seit zweieinhalb Jahren an der Schule. »Vielleicht hat er irgendwo eine Frau und sechs Kinder.«

Tatsache war, daß er einige Jahre nicht im Schulbetrieb gearbeitet hatte. Er hatte ihnen einmal von einem Forschungsauftrag erzählt, den er zusammen mit einigen anderen Chemikern ausgeführt hatte.

Und dann war er lange im Ausland gewesen, auch in Amerika. Nein, irgendwie war er anders als die übrigen Lehrer, daran gab es keinen Zweifel. Sie sind alle verknallt in ihn, dachte Andrea, aber bei mir ist es ernster, ich liebe ihn. Ich liebe ihn wirklich. Wenn ich nur ein paar Jahre älter wäre!
Sie sah ihn nicht mehr an, blickte vor sich hin und in das Blumenbeet hinein. In der Mitte waren Stiefmütterchen, blau und gelb, außen herum hohe schlanke Tulpen, gelb und rot. Wenn sie ihn ansah, würde er alles in ihren Augen lesen, was sie für ihn empfand. Aber wußte er es nicht?
»Wir können deinem Vater auch einen wunderschönen Brief schreiben«, sagte er jetzt. »Wenn du schon partout nicht willst, daß ich mit ihm rede. Richtig offiziell von der Schule aus. Daß du sehr begabt und fleißig bist, und daß es ein Jammer wäre, und so weiter und so weiter. Was hältst du davon?«
Andrea hob die Schultern. Ihr Vater? Er war weit weg. Im Moment war ihr sogar das Abitur egal. Nur hier so sitzen bleiben, dicht neben Tommy, weiter wünschte sie sich nichts.
Leider teilte Tommy ihre romantische Stimmung

nicht; er blieb beim Thema. »Ich persönlich halte ja ein Gespräch für wirkungsvoller. Jede Wette, daß ich deinen Vater bekehre, wenn ich mit ihm rede?«
Unwillkürlich mußte Andrea lächeln. Tommy und Alois Buschl – das waren zwei Welten, da führte gar kein Weg hin.
»Mein Vater ist ein ganz einfacher Mensch«, sagte sie. »Er würde gar nicht verstehen, was Sie meinen. Seiner Ansicht nach soll ich ihm nicht länger auf der Tasche liegen. So nennt er das. Von seinem Standpunkt aus hat er gar nicht unrecht. Er ist ja nicht einmal mein Vater. Und warum soll er für mich sorgen, bis ich das Abitur gemacht und vielleicht noch studiert habe? Wie kommt er dazu?«
»Ach ja, ich erinnere mich, du hast mir schon einmal erzählt, daß er nicht dein richtiger Vater ist. Aber auch als dein Stiefvater hat er gewisse Verpflichtungen. Gerade in deinem Fall sollte man sich dahinterklemmen. An sich bin ich gar nicht dafür, daß jeder und jede Abitur macht. Auch nicht, daß jeder und jede drauflosstudiert. Studieren ist Mode geworden, und ich halte das für eine blöde Mode. Es gibt viele gute Möglichkeiten, an den richtigen Beruf zu kom-

men. Aber dich sehe ich einfach als zukünftige Chemikerin, ich kann mir gar nichts anderes vorstellen. Und das willst du ja auch, nicht?«

Andrea nickte. »Ja. Das möchte ich.«

»Sicher, es gäbe für dich noch eine Menge anderer Möglichkeiten, deine Talente zu nutzen. Du könntest zum Beispiel eine Lehre in einer Drogerie machen. Du könntest später Kosmetikerin werden, ein bißchen Chemieverständnis wäre da auch nicht schlecht. Oder eine Ausbildung als Laborantin. Es ist durchaus nicht so, daß du darauf verzichten müßtest, auf dem Gebiet zu arbeiten, das dir liegt. Hast du schon mal darüber nachgedacht?«

Andrea schüttelte den Kopf. Sie hatte immer nur an ein Studium gedacht. Aber daß *er* jetzt darüber nachdachte, über sie und ihr Leben, das war einfach überwältigend. Ob er sie auch ein wenig gern hatte?

»Der zweite Bildungsweg steht dir später immer noch offen. Obwohl das natürlich viel mühseliger ist. Ja, so ist das. Und nun sollten wir gehen, die erste Stunde ist gleich vorbei. Und ich würde doch gern einmal mit deinem Vater sprechen. Wenn du in diesem Sommer aufhörst mit der Schule – ich kann mir nicht helfen, es wäre in deinem Falle wirklich unsinnig.«

»Im Augenblick kann man mit meinem Vater bestimmt nicht reden. Es ist nämlich – weil – es ist etwas passiert, was uns allen Sorge macht.«

»Willst du mir sagen, was es ist?«

»Meine Schwester ist verschwunden.«

»Verschwunden? Was heißt das?«

Andrea zögerte. Aber nur kurz. Dieses Zusammensein mit ihm war so beglückend, die Vertrautheit, die entstanden war, und sie hatte den Wunsch, ihn zurückzuhalten, jetzt in die Schule zu gehen. Sie hatte das Gefühl, ihm alles sagen zu können.

Also erzählte sie, was gestern mit Heidi passiert war. Wie sie am Abend versucht hatte, sie zu finden, und wie das ausgegangen war.

»Das war ein ziemlich schwerer Tag für dich«, sagte er, nachdem er schweigend zugehört hatte. »Ich bin auch der Meinung, daß man deine Schwester möglichst schnell auftreiben muß; denn sie ist da offenbar in keine sehr gute Gesellschaft geraten. Wenn sie für fünf Pfennig Verstand im Kopf hat, kommt sie von selbst zurück. Allerdings halte ich es für unsin-

nig, daß du dich nun auch noch nachts in der Gegend herumtreibst… Wie sagst du, heißt die Dame, bei der du übernachtet hast?«
»Dr. Anschütz. Beate Anschütz. Sie ist hier an der Universität.«
»Beate Anschütz. So, so!« Thomas Gruber blickte nun auch versonnen die Tulpen und die Stiefmütterchen an. Doch dann klangen vom nächstgelegenen Kirchturm her die Glockenschläge der vollen Stunde.
Gruber sprang auf. »Gibt's denn so was? Jetzt schwänze auch *ich* noch die Schule! Los, komm! Wir müssen was tun… Nein, nein, du kommst mit. Alle Probleme werden auf den Nachmittag vertagt.«

Gurkes Wohngemeinschaft

Sicher hätte es Heidi in ihrem Exil sehr getröstet, wenn sie gewußt hätte, wie viele Leute sich jetzt schon um ihren Verbleib Sorgen machten. Buschl saß zu Hause auf dem Küchensofa und grämte sich. Fina kümmerte in ihrem Laden vor sich hin, machte aber dabei ein besseres Geschäft als sonst; denn inzwischen wußte man in der Babingerstraße, daß die Heidi verschwunden war. Woher die Leute das wußten? Sie wußten es eben. Sogar die Frau Strettinger kam im Lauf des Vormittags mal kurz herüber und wollte wissen, ob man schon etwas von Heidi gehört habe.

Fina schüttelte den Kopf.

»Vielleicht sollte man eine Annonce aufgeben«, schlug Frau Strettinger vor. »Komm zurück, alles vergeben. So etwas liest man ja manchmal in der Zeitung. Ja, Frau Buschl, warum ich vor allen Dingen komme: die Schlüssel von Frau Moser sind wieder da. Sie hat sie bei ihrer Schwester liegengelassen – wie sie die vorgestern besucht hat.«

Fina schaute etwas verdutzt drein, denn von der Schlüsselsache wußte sie ja bisher gar nichts.

»Also, von mir aus, Frau Buschl«, fuhr Frau Strettinger fort, »von mir aus ist die Sache dann erledigt, nicht? Ich unternehme nichts.«

»Danke«, sagte Fina. »Ich danke Ihnen.«

Kurz vor Mittag schaute Frau Dr. Anschütz zum Laden herein, kaufte ein Viertel Butter, eine Flasche Kirschsaft und fünf Eier und fragte, ob es etwas Neues gebe. Auch bei ihr bedankte sich die Fina, weil sie Andrea Asyl gewährt hatte in der letzten Nacht.

»Es war ein Glück, daß ich gerade heimkam«, sagte Beate. »Hat es... ich meine, gab es Ärger heute früh?«

Fina schüttelte den Kopf. »Nein, mein Mann macht sich große Sorgen wegen Heidi.« Sie schaute zur Tür im Hintergrund. »Er ist da. Nicht mal in seinen Dienst ist er heute gegangen.«

»Vom Herumsitzen wird ihm auch nicht wohler«, meinte Beate. »Meinen Sie nicht, daß die Heidi von selber wiederkommt?«

Ach, wenn Heidi das alles hätte hören können! Auch am Vormittag sah es in Gurkes WG nicht freundlicher aus. Es war alles ziemlich dreckig, der Boden, die Wände, der einzige Tisch, die beiden Stühle, die Lagerstätten der Bewohner und die Bewohner selbst. Heidi, ein gepflegtes Mädchen, gewohnt, mit Kosmetik und Parfüm umzugehen, schon durch ihren

Beruf, grauste es. Allein schon das Klo! Sie verzog vor Ekel den Mund.

Hier bleibe ich nicht, hier nicht, dachte sie im Lauf des Vormittags ununterbrochen, während sie auf ihrer Matratze saß und ihre neuen Kumpels kritisch betrachtete.

Die meisten schliefen noch, verwahrlost sahen sie alle aus. Irgendwann machte einer Kaffee, sie bekam auch eine Tasse davon ab. Was heißt Tasse? Einen alten Blechbecher reichte man ihr. Dazu gab es Brot und große Brocken Salami.

»Haste denn Geld?« fragte Gurke. »Das gibste mir. Wir schmeißen alles zusammen.«

Heidi dachte an die zwanzig Mark, die sie von Heinz gepumpt hatte. Auf keinen Fall gab sie die her. Sie kramte in ihrem Geldbeutel, da waren noch sieben Mark drin, die händigte sie der Gurke aus.

»Na, sehr üppig ist das nicht gerade. Sieh zu, daß du bald was auftreibst. Sicher wird ja Carlo was mit dir vorhaben, nicht? Bist du getürmt?«

»Getürmt?«

»Erziehungsanstalt, was? Für 'n Knast biste noch zu jung.«

Heidi richtete sich empört auf. »Knast, Erziehungsanstalt? Ich bin in keiner Erziehungsanstalt gewesen! Wie kommen Sie denn darauf?«
»Nun brich dir nur keinen ab! Sieht doch ganz danach aus. Wenn du am späten Abend uns hier untergejubelt wirst. Die Bullen suchen dich doch, oder? Sonst würdest du dich wohl auf die Straße trauen.«
»Wer sagt Ihnen denn, daß ich mich nicht auf die Straße traue?«
»So? Traust du dich?«
»Natürlich. Ich werde nachher gleich zu Carlo gehen und mit ihm sprechen.«
»Zu Carlo? Aha. Na, da geh mal. Wirst ja sehen, was der dir erzählt.«
»Sie müssen mir nur sagen, wo er wohnt.«
Die Gurke kullerte fast vor lauter Lachen von ihrer Matratze. Auch die anderen, die, soweit sie wach waren, das Gespräch verfolgt hatten, lachten.
»Die is gut, was?« fragte Gurke im Kreis. »Da hat Carlo uns vielleicht ein Greenhorn untern Pelz gejubelt. Wohnung! Bei dir is ja wohl nicht alles dicht, was? Wenn Carlo 'nen Auftrag für uns hat, dann läßt er uns das wissen. Verstehste? Wo Carlo wohnt,

das geht uns nischt an. Meist wohnt er bei einer Freundin. Er hat ja 'n Dutzend.«

»Zuletzt hat er bei der Rothaarigen gewohnt«, ließ sich der Dicke vernehmen. »Die is bombig eingerichtet. Ich war mal da. Dufte, sag' ich euch. Da liegt er richtig, bei der.«

»Und da bleibt er auch, solange ihn nicht höhere Gewalt vertreibt«, ließ sich ein anderer vernehmen. »Die Rote hat ihn fest unterm Daumen, die sahnt ganz schön ab. Immerhin hat sie ihm damals den Anwalt bezahlt. Sonst wäre er kaum so schnell aus St. Adelheim zurückgekommen.«

Jetzt lachten alle laut.

»Also, du hast's gehört!« ließ sich die Gurke wieder vernehmen und blickte Heidi mit schiefgelegtem Kopf an. »Du bist grün, das wissen wir nu. Oder du machst uns hier ein aufgelegtes Affentheater vor. Aber das werden wir dir schon austreiben. Und wo Carlo ist, geht dich nichts an. Wenn er Arbeit für dich hat, wirst du's erfahren. Willste noch Kaffee?«

Heidi schüttelte stumm den Kopf. Immerhin war sie nun um einiges klüger. Es stimmte also doch, was Elfie gesagt hatte: Carlo war ein Gangster.

St. Adelheim, so nannte man Stadelheim, das große Gefängnis am Stadtrand von München. Er hatte also gesessen, ihr Carlo. Und jetzt machte er »Geschäfte«. Was auch immer das sein mochte, es war vermutlich kriminell. Und die taten hier so, als sei es selbstverständlich, daß sie für Carlo arbeiten würde.

Obwohl es in der Kellerwohnung kalt und feucht war, wurde es Heidi ganz heiß. Wo war sie da bloß hingeraten? Ein paar Lippenstifte hatte sie gemopst, den Kundinnen gelegentlich mal in die Manteltasche gegriffen – und jetzt war sie unter echt Kriminelle geraten. So schnell ging das. Ich will hier raus, dachte sie wild. Will hier weg. Nur weg. Nie wieder werde ich etwas stehlen. Nie wieder. Nicht zehn Pfennig, nicht den winzigsten, kleinsten Lippenstift. Nur mach, lieber Gott, daß ich hier rauskomme.

Sie überlegte krampfhaft. Zwanzig Mark hatte sie. Kaum etwas anzuziehen, keine Arbeit, keine Papiere. Es gab nur zwei Möglichkeiten; die hier oder zurück nach Hause... Dann lieber nach Hause, es würde schon nicht so schlimm werden. Sie stand auf, griff nach ihrer roten Badetasche.

»Wo willste denn hin?« fragte die Gurke.

»Mal bißchen spazierengehen.«

»Du bleibst hier. Carlo hat gesagt, wir soll'n dich hier aufheben, bis er war hören läßt. Du bist zu grün, du bringst uns höchstens die Bullen auf den Hals. Wenn sie dich suchen.«

»Aber mich sucht keiner.«

»Weiß du das bestimmt?«

Wußte sie das bestimmt? Nein, sie wußte es nicht. Einer kam und gab ihr einen Stoß, daß sie auf die Matratze zurückplumpste. »Setz dich, du Nuß. Du kannst hier nicht einfach machen, was du willst.« Und dann kam der Dicke und steckte ihr eine Haschzigarette zwischen die Lippen.

»Komm, rauch 'n paar Züge, dann sieht das Leben wieder freundlicher aus. Bist doch 'n niedliches Mädchen. Sei mal 'n bißchen nett zu mir, dann wer'n wir noch die besten Freunde.«

Starr, stumm saß Heidi auf der Matratze und zog an der gräßlichen Zigarette. War denn keiner da, der ihr half? Mußte sie wirklich hier bleiben?

Ein ereignisreicher Tag für Andrea

Leider war Andrea an diesem Vormittag nicht sehr aufmerksam. Manchmal hörte sie kaum zu, was die Lehrer vortrugen. Sie war in eine Wolke von Glückseligkeit gehüllt, und das kam allein von dem Zusammensein mit Tommy in der knappen halben Stunde, die sie neben ihm auf der Bank verbracht hatte...

Nein, ganz gleichgültig war sie ihm nicht, das wußte sie nun. Er interessierte sich für sie und ihr Leben, er wollte, daß sie studierte und eine Kollegin von ihm würde. Und später... später... konnte man wissen, was später sein würde? War das Leben nicht schön? Doch. Wunderschön war es.

Nicht, daß sie Heidi ganz vergaß. Aber die Hochstimmung, in der sie sich befand, machte sie optimistisch. Alles würde gutgehen. Bestimmt würde man Heidi finden.

Daß ihr Optimismus nicht ganz unberechtigt war, zeigte sich, als sie nach Hause kam.

Fina sagte: »Die Frau Strettinger war da. Von Schlüsseln hat sie was gesagt. Ich hab' nur nicht verstanden, was sie da gemeint hat.«

»Was hat sie von den Schlüsseln gesagt?«

»Sie sind wieder da.«

»Und wo waren sie?«

»Frau Moser hat sie bei ihrer Schwester liegenlassen. Verstehst du das?«

Andrea nickte. Sie erzählte ihrer Mutter, was es mit den Schlüsseln auf sich hatte.

»Du lieber Gott, du lieber Gott!« begann die Fina zu jammern. »Sind die Menschen nicht schlecht? Alles wollten sie dem Kind anhängen. So darf man doch auch nicht sein.«

»So ist es eben«, meinte Andrea gleichgültig. »Mal sind die Menschen gut, mal sind sie schlecht; man darf eben beides nicht überbewerten.«

Fina blickte ihre Tochter nachdenklich an. »Du bist so jung«, sagte sie dann, »und schon so klug. Du weißt heute schon viel mehr als ich.«

Andrea lachte und nahm die schmale Gestalt in die Arme. »Ach, so klug bin ich gar nicht. Ich werde bestimmt noch viele Fehler machen. Das gehört zum

Leben. Auch das muß man wissen. Und man muß einander auch die Fehler verzeihen können, die man macht.«

»Vor allem muß man sie sich selbst verzeihen können«, sagte Fina. »Das ist das schwerste.«

Eine Kundin kam in den Laden, und noch ehe sie ihre Wünsche äußerte, fragte sie: »Habt ihr schon was gehört?«

Fina schüttelte den Kopf.

»Sie kommt wieder«, sagte Andrea mit Bestimmtheit. »Sie kommt wieder, ich weiß es.«

Als die Kundin gegangen war, sagte Fina: »Du hast recht, so böse sind die Menschen gar nicht. Viele aus der Straße waren heute schon bei mir und haben nach der Heidi gefragt. Alle wollten mich trösten, keiner hat etwas Böses gegen sie gesagt. Auch nicht die Frau Strettinger.«

»Im Gegensatz zu gestern.«

»Na ja, kann man ja auch verstehen. Gestern war sie halt wütend. Aber heute war sie sehr nett. Ich bin froh, daß sie keine Anzeige machen wird.«

»Heute ist ein guter Tag, und gestern war ein schlechter«, sagte Andrea. »Auch daran kann man nichts ändern. Es ist eben so. Es gibt gute Tage und schlechte Tage. Man darf sich nur nicht zu sehr davon beeinflussen lassen.« Doch dann mußte sie lachen. »Ich habe heute offenbar einen weisen Tag... Wo ist er denn?«

»Den ganzen Vormittag hat er drin gesessen. Vorhin ist er weggegangen.«

»Ins Babinger-Eck?«

»Vielleicht. Ich weiß es nicht.«

»Müssen wir nicht was kochen? Wenn er zum Essen kommt?«

»Für uns wollt ich heute Pfannkuchen machen«, sagte Fina. »Aber so was mag er ja nicht.«

»Weißt du was? Ich gehe vor zum Breuer und hol' Schweinswürstl, die ißt er gern, und Sauerkraut dazu und Kartoffelpüree.«

Kraut und Kartoffeln hatten sie selbst im Laden, brauchten also nur die Würstl geholt zu werden. Zwar vermied es Fina, den Laden vom Breuer zu betreten, aber Andrea ging manchmal hin, um schnell etwas zu kaufen, was sie selbst nicht führten.

»Wenn du meinst«, sagte Fina zögernd.

Andrea summte vor sich hin, als sie fortlief. Nein, die

Menschen waren gar nicht so böse, und dieser Tag war überhaupt wunderbar. Der Tommy hatte neben ihr auf der Bank gesessen – und warum sollte er eigentlich nicht mit dem Buschl reden? »Jede Wette, daß ich deinen Vater bekehre, wenn ich mit ihm rede«, hatte er gesagt. Andrea lachte vor sich hin. Da würde Buschl schauen. So ein Mann wie Tommy, und wenn der sagte: »Herr Buschl, Ihre Tochter Andrea muß weiter in die Schule gehen und später studieren, weil sie begabt ist und eine gute Chemikerin werden wird – eine Kollegin von mir –, und überhaupt möchte ich...«

Stop! Stop! Wohin liefen ihre Gedanken? Hatte sie denn weiter nichts zu tun, als in Zukunftsträumen zu schwelgen, die nicht nur mit Chemie, sondern auch und hauptsächlich mit dem Tommy zu tun hatten? Und ob sie anderes zu tun hatte! Erst die Bratwürstl heimtragen, dann schnell essen, dann Schularbeiten machen. Alles andere konnte sie vielleicht am Abend machen und dann vielleicht eine Runde drehen durch Schwabing und nach Heidi Ausschau halten.

Andrea hatte das sichere Gefühl, sie brauchte nur um irgendeine Ecke zu biegen, und bums – da würde die Heidi vor ihr stehen oder gehen. So war ihr eben zumute an diesem Tag, da konnte man nichts machen.

Aber so einfach war es nun doch nicht. Zwar lief sie wirklich am Nachmittag über zwei Stunden lang in Schwabing straßauf und straßab, aber ziemlich bald schon kam sie sich dabei lächerlich vor. Sie befand sich schließlich in einer Großstadt und nicht in Hintertupfenhausen. Und Schwabing war ein so großer und straßenreicher Stadtteil, es müßte ein Riesenzufall sein, wenn ihr die Heidi über den Weg liefe. Aber im Moment war es wirklich die einzige Möglichkeit, nach Heidi zu suchen. Gewissenhaft ging Andrea in jede Eisdiele und jedes Café hinein, an dem sie vorbeikam, sie schlenderte durch den Drugstore und durch den Leopoldmarkt, beides Etablissements, wo sich junge Leute gern aufhielten. Das Wetter war immer noch wundervoll, für April außerordentlich warm, und vor den Lokalen auf der Leopoldstraße standen Tische und Stühle, und die Leute – junge, ältere und alte – saßen da und hielten ihr Gesicht in die Sonne. Aber Heidi war nicht dabei.

Es gab nur einen Weg – dachte Andrea, als sie schließlich aufgab –, der zu Heidi führen konnte: Carlo. Sie mußte abends wieder zu Jimmy gehen und diesmal selbst mit ihm sprechen.

Als sie nach Hause kam, erzählte ihr Fina, daß mittlerweile die halbe Babingerstraße dagewesen sei, und jeder habe nach Heidi gefragt, Fina getröstet und meist auch etwas gekauft.

»Wenn das so weitergeht«, meinte die Fina und verzog den Mund zu einem traurigen Lächeln, »sitze ich hier bald vor leeren Regalen.«

»Es wird nicht so weitergehen«, sagte Andrea. »Das Interesse der Leute wird sich bald legen. Aber immerhin ist es nett, daß sie Anteil nehmen. Obwohl sicher auch viel Neugier und ein bissel Bosheit dabei ist.«

Buschl war nicht da, sicher war er jetzt doch im Babinger-Eck gelandet. Andrea machte sich über ihre Schularbeiten her. Doch bald wurde sie gestört.

Bei Fina ging wieder einmal die Ladentür, und ein schlanker junger Mann erschien im Laden. Irgendwie kam er Fina bekannt vor, sie hatte ihn schon gesehen. Er mußte auch hier aus der Gegend sein.

»Ja, bitte?«
»Ich wollte mal fragen, ob Andrea da ist«, sagte Dieter Breuer. Das war etwas Neues. Noch nie hatte ein junger Mann nach Andrea gefragt.
»Sie ist da«, sagte Fina. »Ich rufe sie.«
Sie machte die Tür auf, die in die Wohnung führte, und sagte: »Andrea – es will dich jemand sprechen.«
»Mich?« Sie blickte von ihrem Buch auf, und ein gewaltiger Schreck durchfuhr sie. Tommy! Jetzt war er doch gekommen. An Dieter dachte sie nicht.
»Oh!« sagte sie erstaunt. »Du?«
»Grüß dich«, sagte Dieter. »Ich komm' bloß mal fragen, ob's was Neues gibt.«
»Nein. Leider nicht. Mutter, das ist Dieter Breuer. Er hat mich gestern abend nach Hause gebracht.«
Der war das also. Fina betrachtete den gutaussehenden Jungen mit gemischten Gefühlen.
»Da bin ich Ihnen sehr dankbar«, sagte sie, »daß Sie Andrea begleitet haben.«
»War ja klar«, sagte er. »Also, Sie wissen noch nicht, was aus Heidi geworden ist?«
»Nein. Wir wissen nichts«, sagte Andrea. »Hier ist

soweit alles in Ordnung. Die Schlüssel sind da, Anzeige gibt es auch nicht, keiner will ihr was.«

»Hm.« Dieter zögerte ein wenig, er hätte gern mit Andrea allein gesprochen. Frau Buschl mußte nicht unbedingt hören, was er erfahren hatte.

»Kommst du mit auf ein Eis? Ich erzähl' dir dann mal, was ich mir ausgedacht habe.«

Andrea warf einen raschen Blick auf ihre Mutter und wurde ein wenig rot. Sie wandte sich schnell ab. »Kleinen Moment«, rief sie über die Schulter. »Ich hol' mir nur eine Jacke.«

Dieter grinste inzwischen die Fina freundlich an und meinte in väterlichem Ton: »Keine Bange, Frau Buschl, wir werden Heidi schon auftreiben. Und Andrea wird abends nicht mehr so lange ausbleiben. Und falls sie mal unterwegs ist, wird sie in meiner Gesellschaft sein. Ich paß schon auf sie auf.«

Fina war sprachlos. Das war ja etwas ganz Neues. Da kam Andrea bereits wieder, und zusammen mit dem jungen Breuer verließ sie den Laden.

»Also hör zu«, sagte Dieter, als sie kurz darauf in der italienischen Eisdiele, die sich zwei Ecken weiter befand, vor riesigen Eisbechern saßen, »ich hab' mich heut' nachmittag etwas umgehört. Man muß ja wissen, mit wem man es zu tun hat. Dieser sogenannte Carlo heißt richtig Karl Leininger und ist ein ziemlich übles Subjekt. Mehrmals vorbestraft, schon als Jugendlicher, Autos knacken und so. Aber inzwischen ist er ein Dealer, Rauschgift, verstehst du?«

»Aber das ist ja schrecklich!« flüsterte Andrea.

»Lustig finde ich es auch nicht gerade. Soweit ich verstanden habe, ist er der Boss von einer Gang, die durchaus amtsbekannt ist und sicher bei nächster Gelegenheit hochgehen wird. Hoffentlich! Denn du mußt gleich wissen, ich bin keiner von denen, die bei Drogenhandel noch tolerant sind. Was die mit den Kids machen, ist wirklich ein Verbrechen.«

Jetzt – wie er das sagte, wirkte er sehr erwachsen. Wie alt er wohl sein mochte? dachte Andrea. Neunzehn, vielleicht schon zwanzig? Er war ja mal sitzengeblieben, wie er gestern zugegeben hatte.

»Wie hast du denn das alles herausgekriegt?«

»Na, weißt du, ich kenne eine Menge Leute hier, ich bin schließlich in Schwabing aufgewachsen. Mir und meinen Freunden ist Carlo schon seit einiger Zeit aufgefallen, weil er sich so mausig gemacht hat.

Woran du merkst, wie dumm er ist. Denn bei diesem Geschäft, das er da ausübt, sollte er sich hüten aufzufallen. Aber er ist ein furchtbarer Angeber.«

»Und auf so was fällt die Heidi rein!«

»Ja. Reichlich bescheuert, deine Schwester. Natürlich ist das nur so ein Gerede mit dem Rauschgift, keiner weiß es genau. Aber man vermutet es eben. Weißt du, es ist nämlich so: in meine Klasse geht einer, dessen Vater ist Polizeibeamter, und von dem weiß ich, daß sie den Carlo ziemlich scharf beobachten. Und eins kann ich dir sagen: wenn deine Schwester wirklich mit dem zusammen ist, dann lebt sie gefährlich. Wenn Carlo mal hochgenommen wird, dann sitzt sie mit drin.«

»Aber was sollen wir bloß machen?«

»Jetzt iß erst mal dein Eis. Ist es nicht gut?«

»Es schmeckt prima«, sagte Andrea, obwohl sie kaum dazu kam, das Eis zu genießen, so bekümmerte es sie, diese schrecklichen Einzelheiten zu hören. Jetzt, wo die Schlüssel wieder da waren, Frau Strettinger besänftigt und Buschl ganz friedlich, nun kam die Heidi erst in den richtigen Schlamassel hinein.

»Ich hab' mir folgendes gedacht«, sagte Dieter, »paar Freunde von mir und ich, wir werden mal heute abend einen ausführlichen Streifzug durch Schwabing machen. Ich kenn' mich ganz gut aus mit den Lokalen, auch mit den etwas anrüchigen, da werden wir sehr sorgfältig nach Heidi Ausschau halten. Und vielleicht kriegen wir Carlo zu fassen und können ihn ein bißchen in die Zange nehmen.«

»Um Gottes willen! Ist das nicht gefährlich?«

»Er wird nicht gleich schießen, wenn wir ihn nach Heidi fragen. Ich werde ihm sagen, daß nach Heidi eine Vermißtenanzeige aufgegeben worden ist und daß man ihn wegen Entführung belangen kann. Irgend so was Aufgeblasenes werde ich ihm zuflüstern. Und dann werde ich ihn fragen, ob es nicht unklug ist, sich vielleicht seine anderen Geschäfte wegen so was versauen zu lassen.«

Dieter Breuer hatte sich wirklich gründlich mit dem Fall Heidi Buschl befaßt. Es war sein eigenes, ganz persönliches Fernsehspiel, das er da inszenierte, und es schien ihm Spaß zu machen. Daß Andrea ihn ängstlich und bewundernd ansah, erhöhte den Spaß noch.

»Paß bloß auf«, sagte sie. »Man weiß ja nie, wie so einer reagiert.«

»Ich werde nicht allein sein. Wir sind mehrere, die gut zusammenhalten.«

»Und ich?«

»Was – und du?«

»Ich meine, kann ich auch mitkommen?«

Dieter lachte lauthals. »Du spinnst wohl. Dabei kann man doch keine kleinen Mädchen gebrauchen.«

Andrea schwieg beleidigt und löffelte ihr Eis.

»Vielleicht können wir auch herauskriegen, wo er wohnt. Das weiß nämlich keiner. Gert – das ist mein Freund, der Sohn von dem Polizeiinspektor – sagt, man vermutet, daß er bei einer Freundin wohnt. Und dahin wird er Heidi kaum mitgenommen haben. Aber vielleicht hat er noch eine andere Bleibe.«

»Da müßtet ihr ihn ja verfolgen.«

»Na ja, sicher. So was in der Art«, sagte Dieter lässig und zündete sich eine Zigarette an. Er kam sich vor wie Kommissar Maigret.

Als Andrea wieder in der Babingerstraße gelandet war, blieb sie nachdenklich vor dem Haus stehen und zögerte hineinzugehen. Irgendwie schien ihr das alles nicht richtig. Falls es stimmte, und dieser Carlo war wirklich ein Verbrecher, war es da nicht sehr leichtsinnig, sich mit ihm anzulegen? Und vor allem: Wo war Heidi? Was war mit Heidi? Andrea blickte am Haus empor. Ob Frau Dr. Anschütz zu Hause war? Sie hatte doch gesagt, daß sie gern wissen wollte, wie es weiterginge.

Aber erst ging Andrea in den Laden; denn ihre Mutter hatte sie durch die Scheibe gesehen.

»Kennst du den Herrn Breuer schon länger?« konnte sich Fina nicht verkneifen, zu fragen.

»Seit gestern abend.«

»Eigentlich ein sehr netter junger Mann.«

»Na ja, geht so.«

Unwillkürlich mußte Fina lächeln. Dann machte sie eine Kopfbewegung zur Tür hin. »Er ist da.«

Buschl saß in der Küche und las die Zeitung.

»Na?« fragte er.

»Ich weiß nichts Neues«, sagte Andrea.

»Ich geh' zur Polizei.«

»Warte noch bis morgen.«

»Nein, ich wart' nicht länger. Es kann ihr was passiert sein. Ich mach' Anzeige, daß sie verschwunden ist. Man kann das doch nicht einfach so gehen lassen.«

»Morgen machst du eine Vermißtenanzeige, falls sie nicht da ist. Dafür bin ich auch. Aber warte doch mal, heute abend wollen nämlich ein paar Leute nach Heidi suchen. Sehr genau.«

»Was für Leute?«

»Junge Leute. Die Heidi kennen. Und die mich kennen. Sie wollen uns helfen.«

»So. Möchte wissen, was dabei herauskommen soll. Du bleibst aber zu Hause, hörst du?«

»Ja. Ich bleibe zu Hause. Ich gehe bloß jetzt mal schnell rauf zur Frau Dr. Anschütz. Ich will mich noch bedanken.«

Buschl brummte etwas und hob wieder die Zeitung vor die Nase.

Während Andrea die Treppe in den dritten Stock hinaufstieg, wunderte sie sich, wie friedlich er auf einmal war. Er schimpfte nicht, er grantelte nicht, er sah ganz blaß und bekümmert aus; nicht mal nach

Bier hatte er gerochen. Er hat die Heidi lieb, dachte Andrea verwundert. Vielleicht sogar mich auch ein bißchen. Wir haben immer gedacht, er kann das gar nicht, jemanden liebhaben. Aber er kann's eben nur nicht zeigen. Und weil das so ist, haben wir ihn auch nicht liebgehabt. Darum war die Atmosphäre zwischen uns so fremd. Eigentlich tut er mir leid.

Doch dann vergaß ihn Andrea wieder, weil eine echte Überraschung auf sie wartete. Und weil sie für den Rest des Abends damit beschäftigt war, sich selber leid zu tun.

Sie klingelte bei Beate Anschütz. Beate war da, sie kam gleich an die Tür und sagte freundlich: »Du bist das! Ich hab' schon gedacht, ob ich wohl etwas von dir höre. Gibt's was Neues? Ist sie da?« Und als Andrea den Kopf schüttelte, fuhr sie fort: »Komm rein! Ich hab' Besuch. Überraschung für dich.«

Eine Überraschung war es wirklich. Auf dem Sofa, auf dem Andrea in der vergangenen Nacht geschlafen hatte, saß Dr. Thomas Gruber und lächelte Andrea vergnügt entgegen. Andrea blieb in der Tür stehen, ihr Mund öffnete sich ein wenig vor Erstaunen.

»Oh!« sagte sie nur, sonst nichts.
Tommy lachte. »Da bist du platt, was? Ja, die Welt ist voller Wunder.«
»Bekanntzumachen brauche ich euch ja nicht«, meinte Beate. »Trinkst du auch eine Tasse Tee?«
Sie holte eine Tasse aus der Küche, stellte sie auf den Tisch, auf dem sich außer der Teekanne und den Tassen noch eine Flasche Rum befand. Jetzt kippte sich Tommy einen kräftigen Schluck davon in seinen Tee.
Andrea stand immer noch an der Tür.
»Setz dich doch«, sagte Beate.
»Mein furchterregender Anblick hat sie zu Stein erstarren lassen«, sagte Tommy albern. »Und ich hab' mir immer eingebildet, meine Mädchen mögen mich ganz gut leiden.«
Beate ließ ihren Blick rasch zwischen ihm und Andrea hin- und hergehen und dachte: Vielleicht zu gut, und darin liegt der Grund. Sie wies mit der Hand auf den freien Stuhl am Tisch. »Komm!«
Andrea setzte sich, und Beate goß ihr Tee ein.
»Du hast mich da nämlich auf eine großartige Spur gesetzt, Andrea«, lobte Tommy. »Du erwähntest

den Namen Beate Anschütz, als wir zusammen die Schule schwänzten. Erinnerst du dich? Dann brauchte ich nur noch ins Telefonbuch zu schauen... So einfach war das.«

Übrigens für Beate auch

Beate Anschütz war nicht weniger erstaunt gewesen als Andrea eben, als es vor einer Stunde an ihrer Tür klingelte. Sie war vor kurzer Zeit erst aus der Universität nach Hause gekommen, hatte sich bequeme Hosen und ein blaues T-Shirt angezogen, nebenbei Tee gekocht und sich dann an den Schreibtisch gesetzt, um an ihrer Vorlesung zu arbeiten. Aber weit war sie damit nicht gekommen.

Genau wie Andrea stand sie still und starr unter der Wohnungstür und schaute mit großen Augen auf den unerwarteten Besucher.

Unglaublich, dachte sie.

»Ich hätte ja anrufen können und meinen Besuch ankündigen«, hatte Tommy gesagt, »ein feiner Mann tut so was. Aber es kam mir auf den Überraschungseffekt an. Ich wollte mal sehen, was du tust, wenn ich plötzlich vor dir stehe.«

Beate trat einen Schritt zurück. »Na, was soll ich schon tun? Wir sind hier nicht in der Oper, also brauche ich auch nicht zu singen. Und in Ohnmacht gefallen bin ich auch nicht, falls du etwas derartiges erwartet hast.«

»Frech wie immer. Soweit hast du dich also nicht verändert.« Tommy trat ein und legte beide Hände auf Beates Oberarme. »Und hübsch wie immer. Nein, eigentlich noch hübscher. Und daß du nicht in Ohnmacht fallen willst, bedaure ich sehr. Ich könnte dich dann aufheben, irgendwo auf ein Lager legen und mit einem langen Kuß wieder zum Leben erwekken. Wirklich schade, daß Frauen von heute nicht mehr in Ohnmacht fallen.«

»Du hast dich jedenfalls auch nicht verändert«, sagte Beate, »die alte Masche – ich merke es schon.«

»Und was ist verkehrt daran? Ich fahre immer sehr gut damit.«

So hatte es angefangen. Wenn man bedachte, daß es reichlich zehn Jahre her war, daß sie sich zum letzten Mal gesehen hatten, so war es eigentlich ein sehr lokkerer Anfang.

Damals vor zehn Jahren war Beate sehr unglücklich gewesen. Wegen Thomas Gruber. Sie hatte ihn geliebt. Und sie hatte geglaubt, er liebe sie auch. Zweifellos war er auch eine Zeitlang verliebt in sie gewesen, aber dann war es plötzlich aus. Sie war sehr jung, gerade im zweiten Semester, er schrieb zu der Zeit an seiner Doktorarbeit. Auf einem Studentenfasching hatten sie sich kennengelernt, und den folgenden Frühling und Sommer hatten sie zusammen verbracht.

Aber Thomas Gruber war ehrgeizig, er hatte das Staatsexamen gemacht, nun, wie gesagt, schrieb er an seiner Dissertation, ins Ausland wollte er auch, sein Kopf war voller Pläne, er wollte sich nicht binden, nicht heiraten, und schließlich und endlich, er war wirklich ein Charmeur, bei Mädchen hatte er viel Chancen, auch bei Frauen, und er machte Gebrauch davon.

Das mußte Beate schließlich entdecken. Und dann

hatte er sie also verlassen, wie man so sagt; er war verschwunden aus ihrem Leben. Sie war traurig gewesen, eine ziemlich lange Zeit sogar. Aber so war es nun mal, zur Liebe gehörte auch der Liebeskummer – das ließ sich nicht vermeiden. Langsam vergaß sie ihn, studierte eifrig, es gab andere Männer in ihrem Leben, auch sie machte eines Tages ihren Doktor, habilitierte sich dann, es waren lange Jahre hartnäkkiger und fleißiger Arbeit, die hinter ihr lagen. Hatte sie noch an Thomas Gruber gedacht, den sie geliebt hatte, als sie zwanzig war? Sehr selten, fast nie. Wie man halt mal so an frühere Erlebnisse denkt.

Und nun war er auf einmal da. Und tat, als sei es das Selbstverständlichste auf der Welt, daß er hier bei ihr auf dem Sofa saß. Sah sie an mit dem gleichen intensiven Blick, den er früher schon gehabt hatte, und sagte, wie sehr er sich freue, sie zu sehen. Einmal nahm er ihre Hand und hielt sie eine Weile fest, und obwohl Beate nun wirklich nicht mehr das harmlose, junge Mädchen von damals war, verwirrte sie es doch ein wenig, denn man konnte sagen, was man wollte: Er sah unerhört gut aus, er war und blieb ein Charmeur, und außerdem war er einfach nett. Es war schon zu verstehen, daß sie ihn damals geliebt hatte. Es kam ja manchmal vor, daß man nach Jahren eine alte Liebe wieder traf und sich fragte: Wo habe ich damals eigentlich meine Augen gehabt, wo meinen Verstand? Aber so war das nicht mit Thomas. Nein, so nicht.

Eine Weile erzählten sie hin und her. Er erzählte vor allem, wie und von wem er von ihr gehört hatte, und Beate wunderte sich, daß er nun ausgerechnet Andreas Lehrer war.

Dann berichteten sie einander, was sie in all den Jahren getan hatten, und Thomas sagte, daß er sie sehr bewundere: so ein tüchtiges Mädchen und bald Frau Professor.

Beate sagte: »Ich hätte nicht gedacht, daß du in der Schule gelandet bist. Du wolltest doch eigentlich in der Forschung arbeiten.«

»Ich habe es eine Weile getan. Auch in den Vereinigten Staaten. Irgendwie hat mich dann die Arbeit in der Schule wieder gereizt. Ich bin ein etwas sprunghafter Mensch, das weißt du ja.«

»Das walte Gott«, sagte Beate. »Und ob ich das weiß!«

Er lachte sie zärtlich an. »Es ist besser geworden. Ich bin ziemlich seriös jetzt. Aber es kann natürlich schon sein, daß ich den Schuldienst irgendwann mal wieder aufgebe, falls sich etwas wirklich Interessantes ergeben würde. Na ja, verheiratet war ich übrigens auch schon mal.«

»Ah ja?«

»War keine sehr gelungene Sache. Jetzt bin ich geschieden.«

»So.«

»Ja. Interessiert dich wohl nicht besonders?«

»Mit Maßen. Einmal?«

»Einmal was?«

»Ich meine, warst du erst einmal verheiratet?«

»Ganz schön frech bist du, ich sag's ja. Einmal, Frau Doktor. Das nächste Mal überlege ich mir das sehr, sehr gründlich.«

»Würde ich dir auch empfehlen.«

»Mit der zweiten soll es dann nämlich klappen. Da möchte ich dann dableiben.«

»Na, dann arbeite mal noch ein paar Jahre an dir. Damit sich das Seriöse weiterentwickelt.«

Soweit waren sie ungefähr gekommen, als Andrea auf der Bildfläche erschien.
Andrea fand das alles nicht so erheiternd. Ihr Tommy! Sie spürte sofort, wie es funkte und knisterte zwischen Tommy und Beate. Heute früh hatte sie gedacht... und jetzt saß er also hier. Und sie hatte ihn selbst darauf gebracht – das war das Allerschlimmste dabei.
»Erzähl mal«, sagte Beate, »was ist mit Heidi?«
»Ich weiß eigentlich nichts Neues. Abgesehen davon, daß die Schlüssel da sind. Frau Moser hat sie wo liegenlassen. Und Frau Strettinger wird keine Anzeige machen.«
»Na, das sind doch ganz erfreuliche Neuigkeiten«, meinte Beate.
»Schon. Aber Heidi ist nicht da. Und morgen will mein Vater nun eine Vermißtenanzeige aufgeben. Eigentlich wollte er heute schon, aber ich hab' gesagt, er soll noch warten.« Und sie erzählte, was Dieter Breuer plante.
Tommy fand das auch ein bißchen gefährlich.
»Andererseits wird dieser Carlo vielleicht sehr überschätzt. Vermutlich ist er nichts weiter als so ein klei-

ner Ganove, der bloß von den jungen Leuten zum großen Gangster hochstilisiert wird. Aber Genaues weiß man eben nicht.«

Nach einer Weile verabschiedete sich Andrea. Sie habe noch Schularbeiten zu machen, sagte sie.

Der Tommy drückte ihr fest die Hand und lächelte auf seine nette Art. »Tschüs, Andrea. Bis morgen. Und ich halte den Daumen, daß deine Schwester bald angetanzt kommt.«

Beate brachte Andrea zur Tür und bemerkte wohl, daß Andrea es vermied, ihrem Blick zu begegnen.

»Arme Kleine!« sagte Beate, als sie wieder ins Zimmer kam. »Na, hoffen wir mal, daß alles gutgeht. Sonst muß der Alte morgen wirklich Anzeige machen. Dafür wäre ich schon.«

Beate betrachtete ihre verflossene Liebe etwas skeptisch. Wußte er nicht, daß Andrea ihn sehr gern hatte? Ach, sicher wußte er das. Vermutlich war er daran gewöhnt, daß die Mädchen in ihn verknallt waren. Aber bei Andrea mochte es ein wenig anders sein, es schien ein wenig tiefer zu gehen... Ich möchte ihre Freundschaft nicht wieder verlieren, ich mag sie gern, dachte Beate.

Aber auch Thomas Gruber beschäftigte sich noch mit Andrea, wie sich gleich zeigte. »Weißt du was«, sagte er zu Beate, »wenn das gutgehen sollte mit Andreas Schwester, und wenn alles wieder in Butter ist, dann müssen wir unbedingt Andreas Vater weichkochen. Kennst du ihn?«

»Nur ganz flüchtig. Vom Sehen und Grüßgottsagen.«

»Andrea muß weiter in die Schule gehen. Es wäre wirklich schade, wenn sie aufhörte. Das müssen wir hinkriegen.«

»Wir«, sagte er. Beate war ein wenig nachdenklich. Ein wenig ängstlich. Ein wenig glücklich auch. Andrea hatte ihn zu ihr zurückgebracht. Sie schien ein weiteres Bindeglied zu werden. Würde es gut sein? Oder nicht? Wer konnte das wissen? Sie hatte ihre Erfahrungen mit ihm gemacht. Ein zweites Mal sollte ihr das nicht passieren, diesmal würde sie gut auf sich aufpassen.

»Wo gehen wir hin?« fragte er.

»Was? Wohin?«

»Zum Abendessen. Wir beide gehen heute abend schick aus.«

»Ich habe keine Zeit. Ich muß meine Vorlesung vorbereiten.«

Thomas Gruber lächelte, sehr zärtlich, sehr intensiv war sein Blick dabei. »Keine Zeit für mich, Bea? Heute, wo wir uns wiedergefunden haben? Das darfst du mir nicht antun. Ich freue mich doch so, dich wiederzuhaben.«

»Na, also, von ›Wiederhaben‹ kann ja wohl keine Rede sein.«

»Entschuldigung, Frau Doktor. Ich wollte natürlich sagen: wiedergefunden habe. Das darf ich doch sagen?«

Beate schenkte sich die Antwort.

»Noch Tee?« fragte sie statt dessen.

»Erstens habe ich jetzt genug Tee, zweitens ist der Tee inzwischen kalt, und drittens will ich jetzt zum Essen gehen. Würdest du die Güte haben, dir ein hübsches Kleid anzuziehen und mit mir zu kommen? Ich weiß ein ganz reizendes Restaurant. Und wenn du erlaubst, werde ich jetzt gleich anrufen und einen Tisch reservieren. Und du ziehst dich jetzt um, ja?«

»Na schön«, sagte sie. »Wenn du partout willst. Und Hunger habe ich eigentlich auch.«

»Und?«

»Und? Was noch?«

»Du könntest hinzufügen, du möchtest sehr, sehr gern mit mir zusammen ausgehen.«

Beate stand auf. »Den Teufel werde ich tun. Und jetzt ziehe ich mich um.«

Thomas Gruber lächelte vor sich hin, nachdem sie gegangen war. Dann ging er zum Telefon und bestellte mit großer Selbstverständlichkeit einen Tisch in seinem Lieblingsrestaurant.

»Und, Antonio«, sprach er in die Muschel, »geben Sie mir den Tisch links hinten in der Ecke, wo ich möglichst ungestört mit einem hübschen Mädchen sitzen kann, ja? Und stellen Sie mir ein paar Blumen auf den Tisch.«

»Mach' ich, Herr Doktor, mach' ich. Hübsches Mädchen ist gut. Wird es Verlobung geben?«

»Man kann nie wissen, Antonio. Vielleicht. Bis nachher. Ciao!«

Heidi wird aktiv

Im Lauf dieses langen, tristen Tages hatte Heidi Zeit und Gelegenheit genug, sich endgültig darüber Rechenschaft abzulegen, daß sie in der Unterwelt gelandet war.

Es handelte sich nicht um irgendeine harmlose Wohngemeinschaft junger Leute, die vielleicht ein bißchen schräg, ein bißchen verrückt, ein bißchen »spinnert« waren – nein, es war ein trostloser Haufen verkommener Typen, teils Ausgeflippte, teils Kriminelle, die hoffnungslos und vergessen in diesem Kellerloch hausten; vermutlich immer in der Angst, entdeckt zu werden; ständig in der Gefahr, wieder hinter Gittern zu landen. Denn das hatte Heidi bald mitgekriegt, gesessen hatten sie alle schon mal. Die meisten kannten sich aus der Zeit im Gefängnis.

Dies war wirklicher, echter Untergrund, erbarmenswert Gescheiterte, wie sie in dieser Art nur in einer Großstadt existieren konnten. Heidi hatte nicht gewußt, daß es so etwas gab. Es erschreckte sie zutiefst, es erfüllte sie mit Angst und Entsetzen. Und sie dachte immer nur dasselbe, nur das eine: Ich muß weg! Ich muß hier raus!

Sie hatte sich damit abgefunden, ihre rote Badetasche samt Inhalt zurückzulassen. Es blieb immer noch schwierig genug, ungesehen zu entkommen. Es gab ja nur den einen Raum. Dahinter lag das schmuddlige Klo; die Tür, die nach draußen führte, war für alle sichtbar, auch wenn der Schlüssel von innen steckte. Einfach loszulaufen, den Schlüssel umzudrehen, die Kellertreppe hinauf und hinaus auf die Straße, wie sie sich das eine Weile ausgemalt hatte, das traute sie sich nicht. Die würden sie schnell eingeholt haben. Und daß es brutal zuging, hatte sie im Lauf des Tages Gelegenheit zu beobachten.

Ein Mann und eine Frau gerieten in Streit, Heidi bekam nicht mit, warum und worüber, und der Mann schlug die Frau mehrmals ins Gesicht, und dann verpaßte er ihr noch einen Nackenschlag, so daß sie am Boden liegenblieb. Die anderen sahen ungerührt zu, keiner kam der Frau zu Hilfe.

Blieb also nur die Möglichkeit, den Ausbruch zu versuchen, wenn alle schliefen oder high waren. Diesen Moment mußte Heidi abwarten. Obwohl sie jetzt schon feuchte Hände bekam, wenn sie daran dachte. Diese Gurke war sehr wachsam und schien kein Hasch zu rauchen, sie war mit ihren Gurken offenbar restlos glücklich.

Daß sie ein strenges Regiment im Keller führte, hatte Heidi längst erkannt. Wer kam oder ging, meldete sich bei ihr. Alles, was zu besorgen war, gab sie in Auftrag. Alles, was gebraucht wurde, nahm sie in Empfang. Und die gemeinsame Kasse verwaltete sie offenbar auch.

Es gab wenig Bewegung im Keller, es ging sehr selten einer. Meist saßen oder lagen sie herum. Einer wurde weggeschickt, um Essen zu kaufen; er brachte ein großes Stück warmen Leberkäs und eine Tüte mit Semmeln. Das wurde gerecht an alle verteilt. Die Gurke bekam noch Gurken, natürlich. Zu trinken gab es Bier.

Wie Heidi den Gesprächen entnahm, befand sich auch einer unter ihnen, der aus dem Gefängnis ausgebrochen war und von der Polizei gesucht wurde. Welcher es war, fand Heidi nicht heraus; es war ihr auch nicht wichtig. Ihr genügte die Vorstellung, daß jederzeit die Polizei in diesem Keller auftauchen konnte und daß man sie, Heidi Buschl aus der Babingerstraße, dann zusammen mit dem ganzen Gesindel festnehmen würde. Das war so unvorstellbar furchtbar, war so ein Alptraum für sie, daß sie Mühe hatte, nicht loszuheulen.

Einer saß im Rollstuhl, er war querschnittgelähmt, das Ergebnis einer Schießerei, in die er verwickelt worden war. Ein blasser, noch junger Mann mit schwermütigen Augen. Er wurde von den anderen umsorgt, das mußte man anerkennen. Aber ihre Fürsorge bestand auch darin, daß sie ihn mit Drogen versahen, und in diesem Fall war es nicht nur Hasch – der Mann spritzte sich. Heidi sah es aus den Augenwinkeln. Sie wagte kaum hinzusehen. Daß er nicht der einzige war, der harte Drogen nahm, entdeckte sie im Lauf des Tages.

Der Dicke, der so schlecht roch, fühlte sich offenbar als Heidis Freund und Beschützer. Er kam immer wieder, setzte sich zu ihr, versuchte sie auszufragen, wollte sich mit ihr unterhalten, bot ihr seine Joints an und machte leider auch immer den Versuch, sie

anzufassen, sie zu küssen, und er machte ihr unverschämte Angebote.
Aber es blieb bei Worten. Wie gesagt, die Gurke führte ein strenges Regiment, und darüber schwebte noch Carlo der Große. Denn – das ergab sich aus den Gesprächen – Carlo war für die Verlorenen hier unten eine Art Arbeitgeber. Er versorgte sie mit Aufträgen, sie mußten für ihn dies und das erledigen, und er war zweifellos auch der Drogenlieferant.
Heidis Gefühle für ihren heißgeliebten Carlo? Nun, was anfangs nur Wut gewesen war und gekränkte Eitelkeit, hatte sich mittlerweile in blanken Haß verwandelt. Sie hierherzuschicken und dann ihrem Schicksal zu überlassen! Dieser Verbrecher! Dieser Gangster! Im tiefsten Kerker der Welt sollte er landen – auf Lebenszeit! Das war es, was Heidi ihm wünschte.
Dazu kam noch der Ärger über ihre eigene Dummheit. Auf so einen reinzufallen, das würde sie sich nie verzeihen. Das hübscheste Mädchen aus der Babingerstraße, so hatte Heinz sie mal genannt. Ach, Heinz! Was für ein lieber, netter, anständiger junger Mann war er. Er war mit ihr im letzten Sommer zum

Baden gefahren an den Starnberger See und manchmal ins Gebirge, er hatte sie zum Abendessen ausgeführt, ins Kino und zum Tanzen. Er hatte sie liebgehabt. Heiraten wollte er sie. Und sie hatte ihn verlassen wegen so einer üblen Unterwelttype, einem, der zudem noch »eine Latte von Mädchen« besaß, für den sie gerade so ein Nebenabenteuer gewesen war.
Die Wut über sich selbst hielt Heidis Lebensgeister einigermaßen wach und ließ sie nicht völlig ihrer Angst verfallen.
Eins war sicher: Noch heute, spätestens am Abend, würde sie aus dem Keller flüchten. Die erste sich bietende Gelegenheit wollte sie ergreifen, soviel war klar. Wie diese Gelegenheit aussehen würde, wußte sie noch nicht. Aber sie würde keinen Joint mehr rauchen; sie durfte nicht schlafen und nicht dösen; sie mußte hellwach und aufmerksam sein.

Am frühen Abend kam Besuch in den Keller. Es wurde in einem bestimmten Rhythmus an die Tür geklopft, das tat jeder, der hereinwollte. Wer das Zeichen nicht kannte, dem wurde nicht geöffnet.
Der Eindruck war beachtlich: ein sehr junger Mann

mit einem fast mädchenhaften, hübschen Gesicht erschien, sehr elegant gekleidet, hellgraue Hose, blauer Blazer, Krawatte, das Haar in manierlicher Länge – mit einem Wort: ein Wesen aus einer anderen Welt.

Er erregte das gebührende Aufsehen. Der ganze Keller lief zusammen und bestaunte ihn.

»Mensch, Joschi! Wie siehst du denn aus! Guck dir den an! Picobello in Schale! Wie aus'm Schaufenster geklaut! Mensch, auf der Straße hätte ich dich nicht erkannt!« So in dieser Art waren die Ausrufe, die den Jüngling empfingen. Der Joschi Genannte drehte sich eitel vor den anderen.

»Da staunt ihr, was? Dieser Auftrag noch, und ich geh' zum Film!«

Darüber lachten alle aus vollem Halse. Dann stellte sich heraus, daß Joschis Besuch Heidi galt.

»Wo is'n die Neue?« fragte er.

Die anderen gingen auseinander und gaben den Blick auf Heidi frei, die wie ein Häufchen Unglück auf ihrer Matratze saß.

»Die?« fragte Joschi gedehnt. »Na, was Besonderes is die auch nicht. Ich dachte, die wär' hübscher.«

Heidi schwieg. Es war ihr egal, ob dieser Lackaffe sie hübsch fand.

»Hör zu, Schnuckelchen«, sagte der Lackaffe und warf ihr eine Tüte zu, »hier ist was drin für dich zum Anziehen. Du kommst mit mir, wir haben was zu erledigen.«

»Ich wüßte nicht, was ich mit Ihnen zu erledigen hätte«, sagte Heidi kühl.

»Befehl vom Boß. Und zick hier bloß nicht rum, das ist bei uns nicht üblich. Los, dalli, dalli, zieh dich um.« Er trat zu ihr und griff, ehe sie zurückweichen konnte, in ihr langes blondes Haar. »Die Haare binden wir auf dem Hinterkopf zusammen. Gurke – das machst du, ja? Sie muß aussehen wie ein braves kleines Mädchen. Keine Schminke und so. Ganz unauffällig und artig. Klar, ja?«

Und als Heidi etwas sagen wollte, fuhr er sie an: »Du hältst die Schnauze, sonst setzt es was.«

In dem Beutel war ein dunkelblaues Kleid mit einem großen weißen Kragen. Und blaue Wildlederschuhe. Heidi machte keine Einwände mehr. Vor allen Dingen kam sie mal aus dem Keller raus – das war die Hauptsache. Dann konnte man weitersehen.

Als sie das Kleid anhatte und die Haare aus dem Gesicht frisiert und mit einem Band zusammengebunden, sah sie wirklich wie ein artiges Schulmädchen aus.

»Na, die is doch richtig niedlich«, sagte der Dicke begeistert. »Also mir gefällt se. So was ham wir hier noch nicht gehabt.«

»Geschmacksache«, näselte der Lackaffe. »Aber keiner macht sie dir streitig. Du kannst sie dir zulegen.«

»Hat Carlo nichts dagegen?«

»Carlo? Bei dir piept's wohl? Carlo ist Klasseweiber gewöhnt.«

Heidi erstickte fast an ihrem Haß. Aber sie ließ sich nichts anmerken. Nur erst mal raus hier!

»Los, komm!« Der Ankömmling machte eine herrische Kopfbewegung. Heidi wies schüchtern auf ihre rote Badetasche. »Soll ich das nicht mitnehmen?«

»Du bist wohl nicht ganz dicht. Haste noch nicht begriffen, daß du ausnahmsweise mal als Dame auftreten sollst?«

Endlich stand sie auf der Straße, atmete begeistert die abgashaltige Münchener Abendluft. Es war noch nicht dunkel, es dämmerte erst, die Sonne lag auf den Dächern.

Ihr Begleiter steuerte auf ein silbergraues Kabrio zu. Sehr vornehm, der ganze Aufzug, konstatierte Heidi. Wozu das wohl alles dienen sollte?

Sie erfuhr es kurz darauf, während sie über den Mittleren Ring gen Südosten strebten.

»Wir fahren jetzt nach Riem«, sagte der Kerl.

»Zum Flughafen?« fragte Heidi erstaunt.

»Genau.«

Heidi überlegte krampfhaft. Waren das am Ende Mädchenhändler? Wollte man sie vielleicht per Luftfracht versenden?

»Wozu denn das?«

»Wir holen jemand ab.«

»Ach so. Wen denn?«

»Unseren Onkel.«

»Onkel?«

»Genau.«

»Und was soll der ganze Quatsch?«

»Du hältst die Schnauze. Fragen hast du weiter nicht zu stellen hier. Du bist meine Schwester, und ich bin dein Bruder, wir sind zwei wohlerzogene junge

Leute und holen unseren Onkel vom Flugplatz ab. Du benimmst dich ganz manierlich und ein bißchen schüchtern vielleicht.«

»Aha. Und dann?«

»Dann fahren wir mit dem Onkel in die Stadt und bringen ihn dahin, wohin er soll. Und du kommst wieder in deinen Keller und ziehst die Klamotten aus. Das ist wohl klar!«

»Wem gehören die Kleider denn?«

»Geht dich nichts an. Carlos Freundin.«

»Wie schön! Ziemlich dicken Hintern muß die haben. Der Fummel ist mir viel zu weit.«

»Anständige junge Damen gehen nicht hauteng.«

»Was Sie nicht sagen. Haben Sie denn schon mal ein anständiges junges Mädchen aus der Nähe gesehen?«

»Wenn du hier 'ne Lippe riskierst, wirst du das bald bereuen. Das kann ich dir flüstern.«

»Und warum soll ich das alles machen?«

»Hat Carlo angeordnet. Er bezahlt dich dafür. Du kriegst fünfzig Piepen.«

»Fabelhaft! Was für 'n Gangster ist der Onkel denn?«

»Schnauze! Sonst setzt es was...«

Sie fuhren jetzt die Richard-Strauss-Straße entlang, näherten sich der Prinzregentenstraße. Der Verkehr war sehr dicht, sie fuhren in der Schlange. Rechts und links von ihnen fuhren ebenfalls Autos... Das würde ganz einfach gehen –, Heidi hatte ihren Entschluß gefaßt. Dann kam endlich eine Ampel, die auf Rot stand. Heidi beobachtete sie genau. Gleich mußte das Licht wechseln.

»Mensch!« schrie sie laut und wies nach links hinüber. »Da sind Bullen!«

Unwillkürlich wandte der Lackaffe den Blick nach links, ihrer Handbewegung folgend. Heidi griff nach dem Schloß, ein kräftiger Ruck, die Tür ging auf, und schon sprang sie auf die Straße. Der Lackaffe griff nach ihr, aber er erwischte sie nicht, sie rannte vor dem rechtsstehenden Auto vorbei – auf den Bürgersteig zu – und rannte, rannte, was sie rennen konnte.

Die Schuhe von Carlos Freundin waren ihr etwas zu klein und drückten, aber darauf konnte sie jetzt nicht achten.

Die Ampel stand auf Grün, hinter dem Lackaffen

hupte es, er mußte anfahren. Und aus dem Strom herauszukommen, war so schnell nicht möglich. Heidis Flucht war gelungen!

Der Abend des zweiten Tages

Als ihr das klar wurde, war sie glücklich wie nie in ihrem Leben.

Atemlos blieb sie stehen. Bis hierher war sie gelaufen, so schnell sie konnte. Sie war bis an den Prinzregentenplatz gekommen; die Füße taten ihr weh, aber das spielte keine Rolle. Sie war frei, frei!

Es fragte sich nur, wie lange. Vor allen Dingen mußte sie fort aus der Gegend und in die Babingerstraße gelangen – nach Hause, nur nach Hause, die Tür hinter sich schließen, ihre Familie um sich. Und sie war bereit und willens, freiwillig zur Polizei zu gehen und um Schutz und Hilfe zu bitten. Alles wollte sie tun, um nur ja keinen von diesen schrecklichen Menschen jemals wiedersehen zu müssen. Möglicherweise – vermutlich sogar ziemlich sicher – würde Carlo sich rächen, aber darüber konnte man später nachdenken. Erst mal weg von hier; denn jeden Moment konnte der Lackaffe in seinem Wagen auftauchen, er verfolgte sie sicher, sobald es ihm gelungen war, aus der Kette der Autos auszuscheren.

Gehetzt blickte sie um sich, während sie den Platz überquerte. Gerade kam der Bus, der nach Schwabing fuhr. Im Bus war sie sicher, dort konnte er sie nicht herausholen. Zwar hatte sie kein Fahrgeld, sie mußte schwarzfahren. Aber das erschien ihr im Moment ein geringes Vergehen. Und wenn man sie erwischte, machte das gar nichts. Sie hatte die zwanzig Mark von Heinz, doch sie steckten unter ihrer Fußsohle, und die Strumpfhose auszuziehen, war eine Unmöglichkeit.

Es kam keine Kontrolle, sie verließ den Bus in Schwabing und ging eilig mit gesenktem Kopf die Leopoldstraße entlang. Richtung Heimat.

Inzwischen war es dunkel geworden, ein warmer Frühlingsabend. Die Leopoldstraße war voller Menschen, sie fühlte sich sicher.

Und dann rannte sie drei Ecken vor der Babingerstraße geradewegs Dieter Breuer und seinen Freunden in die Arme, die zu ihrer Rettung ausgezogen waren. »Mensch, Heidi!« rief Dieter. »Kann ja wohl nicht wahr sein!«

Heidi starrte die Jungen sprachlos an. Dieter kannte sie, auch einen anderen, der ebenfalls in die Babingerstraße gehörte. Die anderen waren ihr fremd. Und dann fing sie an zu heulen. Vor Erleichterung, vor Freude. Was die Jungen nicht gleich kapierten.

»Nur mit der Ruhe!« sagte Dieter. »Wir tun dir ja nichts.«

»Ich bin so froh, daß ihr da seid«, stammelte Heidi. »Ihr müßt mir helfen. Ich werde verfolgt.«

Was ja nicht ganz stimmte; im Moment war kein Verfolger zu sehen, aber die Jungen schlossen sofort einen dichten Kreis um sie.

»Wo kommst du denn her? Wie siehst du denn aus?« fragte Dieter, denn Heidi im dunkelblauen Kleid mit weißem Kragen war eine ungewöhnliche Erscheinung.

»Ich habe furchtbare Sachen erlebt«, schluchzte Heidi, »ich will nach Hause.«

»Da sind wir ja direkt einer Meinung. Erzähl mal!«

Aber Heidi konnte nicht erzählen, dazu war sie viel zu erschöpft. Sie hatschte mühsam mit schmerzenden Füßen zwischen ihren Beschützern heim in die Babingerstraße 7.

Dieter klingelte. Andrea machte die Tür auf, doch ehe sie etwas sagen konnte, stürzte ihr Heidi in die Arme.

Kurz darauf saßen alle, auch Dieter und seine Freunde, in der Buschl-Küche. Heidi heulte, Fina ließ ihr Taschentuch nicht mehr los, Andrea schluckte, und auch Buschl hatte feuchte Augen. Wenn Heidi ein Jahr lang weggewesen wäre und nicht einen Tag, hätte ihre Heimkehr nicht gefühlvoller verlaufen können. Nach einer Weile hatten sich alle soweit beruhigt, daß Heidi berichten konnte. Andrea holte Bier und Cola aus dem Laden, und dann hörten sie staunend zu, was Heidi erlebt hatte.

»Ich hoffe«, sagte Buschl milde, »es wird dir eine Lehre sein.«

Heidi nickte, sprang auf, schlang beide Arme um ihren Vater und küßte ihn.

Das war Buschl nicht mehr passiert, seit Heidi ein

kleines Mädchen gewesen war. Es rührte ihn so, daß ihm Tränen über die Wangen liefen. Das war ihm sehr peinlich und den anderen auch. Andrea schenkte ihm schnell neues Bier ein, und Dieter sagte: »Typisch April! Drinnen wie draußen.«

Darauf mußten alle lachen, Alois Buschl hob sein Glas und sagte: »Prost, die Herren.«

»Hast du nicht Hunger, Kind?« fragte Fina.

Heidi nickte. »Und wie!«

Zuerst aß sie einen großen Teller Tomatensuppe, die noch vom Abendessen übrig war, dann ein Butterbrot mit Leberwurst, dann eins mit Mettwurst und schließlich noch eins mit Käse. Bis sie das alles verputzt hatte, diskutierten die anderen den Fall.

Dieter meinte, er glaube nicht, daß Carlo von sich aus aktiv werden würde. Natürlich hatte Heidi einiges gehört und gesehen, aber sie sei schließlich nicht Zeuge eines Verbrechens geworden, so daß für Carlo kein Grund bestünde, sie zu bedrohen oder gar aus dem Weg zu räumen.

Er gebrauchte wirklich die Formulierung »aus dem Weg zu räumen«, und alle blickten ihn entsetzt an.

Heidi schauderte. Aber Dieter war in Fahrt. Er nahm

die Geschichte stückchenweise auseinander, wies darauf hin, daß sein Freund Gert, der Sohn des Polizeiinspektors, schließlich auch noch da sei – Gert nickte ernsthaft dazu –, und daß sie alle in nächster Zeit zu Heidis Schutz bereitstehen würden. Auf keinen Fall dürfe sie abends allein auf die Straße gehen.

Wie groß die Gefahr war, in der Heidi sich befunden hatte, konnten sie bereits am nächsten Tag in der Zeitung lesen. Der Polizeibericht meldete, daß man am späten Abend eine Bande von Rauschgifthändlern festgenommen habe, die schon lange unter Beobachtung stand. Vom Flughafen Riem aus hatte man zwei Männer verfolgt – der eine war angekommen, der andere hatte ihn abgeholt –, und im Gepäck des Reisenden, das man später beschlagnahmte, fanden sich große Mengen Rauschgift, die aus dem Nahen Osten, wie schon öfter zuvor, hereingeschmuggelt worden waren. Die Festnahme erfolgte in einer Wohnung, die der polizeilich bekannten Evelyn S. gehörte, bei der sich der bereits mehrfach vorbestrafte Karl Leininger aufhielt, der als Anführer der Bande galt.

»Du solltest gewissermaßen zur Tarnung mit nach Riem fahren«, erklärte Dieter, der am nächsten Tag gegen Abend vorbeikam. »Bruder und Schwester, die ihren lieben Onkel abholen! Du hättest ganz schön in der Tinte gesessen, wenn sie dich mit den andern geschnappt hätten.«

»Hoffentlich sperren sie diesen ekelhaften Kerl ein und lassen ihn nie wieder frei«, sagte Heidi aus tiefstem Herzen. Das war der Nachruf auf ihre große Liebe zum schönen Carlo.

»So streng sind die Bräuche heute leider nicht mehr«, meinte Dieter. »Aber eine Weile wird er wohl aus dem Verkehr gezogen.«

Und dann fragte er Fina und Buschl, ob er Andrea ins Kino einladen dürfe. Er würde sie bestimmt nach Schluß der Vorstellung wieder zu Hause abliefern.

So begann die Freundschaft zwischen Andrea und Dieter.

Darum auch vergaß Andrea bald ihren Kummer um den geliebten Tommy und konnte Beate Anschütz aus ehrlichem Herzen Glück wünschen, als diese ein halbes Jahr später Beate Gruber wurde.

Und mit der Schule, das ging natürlich auch klar.

»Was?« sagte Buschl. »Ich? Ich soll was dagegen haben, daß Andrea weiter in die Schule geht? Wer sagt denn so was? Ich freue mich, daß ich so eine gescheite Tochter habe. Ich bin sehr stolz darauf. Natürlich macht sie das Abitur!«